rororo

rororo

Angela Sommer-Bodenburg

Der kleine Vampir

Bilder von Amelie Glienke

Rowohlt Taschenbuch Verlag

Veröffentlicht im Rowohlt Taschenbuch Verlag GmbH,
Reinbek bei Hamburg, September 2000

Umschlagillustration Amelie Glienke
Umschlaggestaltung Barbara Hanke
Layout und Herstellung Constanze Hinz
Satz Adobe Garamond PostScript, QuarkXPress 4.04
Gesamtherstellung Clausen & Bosse, Leck
Printed in Germany
ISBN 3 499 21157 2

Die Schreibweise entspricht den Regeln
der neuen Rechtschreibung

Dieses Buch ist
für Burghardt Bodenburg,
der mit seinen mürben Zähnen nie ein Vampir werden könnte,
außerdem für Katja, die so schön «Igitt, Vampir!» rufen kann –
und für alle, die genauso gern wie ich
Vampirgeschichten lesen!

Angela Sommer-Bodenburg

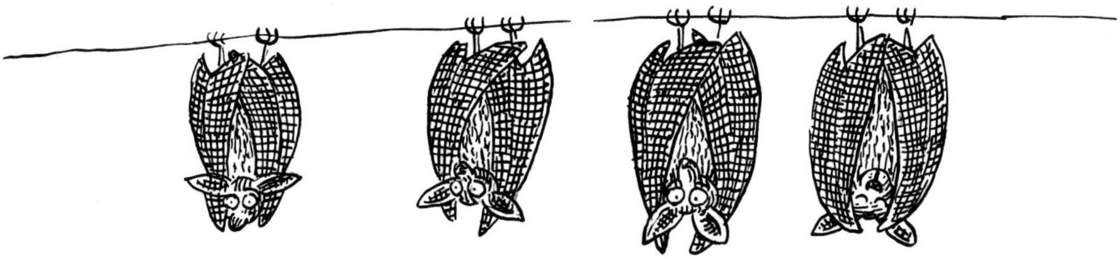

Der kleine Vampir

Das Ding im Fenster

Es war Samstag, der Ausgehabend der Eltern.
«Wohin geht ihr denn heute?», wollte Anton am Nachmittag wissen, als seine Mutter im Badezimmer ihre Haare auf Lockenwickler drehte.
«Ach», sagte die Mutter, «erst gehen wir essen und dann vielleicht tanzen.»
«Wieso vielleicht?», fragte Anton.
«Wir wissen das noch nicht genau», meinte die Mutter. «Aber ist das denn so wichtig für dich?»
«Nö», brummte Anton. Dass er den Krimi sehen wollte, der um elf anfing, würde er lieber nicht zugeben. Aber die Mutter hatte schon Verdacht geschöpft.
«Anton», sagte sie und drehte sich so, dass sie ihm fest in die Augen sehen konnte, «du willst doch nicht etwa fernsehen?»
«Aber Mutti», rief Anton, «wie kommst du denn darauf?»
Glücklicherweise hatte die Mutter wieder mit dem Aufdrehen der Haare begonnen, sodass sie nicht mehr sehen konnte, wie sein Gesicht rot anlief.
«Vielleicht gehen wir auch ins Kino», sagte sie, «auf jeden Fall sind wir nicht vor Mitternacht zurück.»

Inzwischen war es Abend geworden, und Anton war allein in der Wohnung. Er saß im Schlafanzug auf seinem Bett, hatte die Decke bis zum Kinn hochgezogen und las «Die Wahrheit über Frankenstein». Die Geschichte spielte auf einem Jahrmarkt. Ein Mann in einem wallenden schwarzen Mantel hatte soeben die

Bühne betreten, um das Erscheinen des Monsters anzukündigen. Da klingelte der Wecker. Ärgerlich über diese Störung sah Anton von seinem Buch auf. Oh! Gleich elf, höchste Zeit, den Fernseher einzuschalten!
Anton sprang aus dem Bett und drückte auf die Einschalttaste. Dann kuschelte er sich in seine Decke zurück und wartete, dass langsam das Bild auftauchte. Aber noch lief das Sportprogramm. Im Zimmer war es schön schummrig-duster. King Kong auf dem Poster an der Wand zog eine grässliche Fratze, die zu Antons Stimmung passte: Er fühlte sich wild und wüst, wie der einzige Überlebende einer Schiffskatastrophe, gestrandet auf einer von Kannibalen bewohnten Südseeinsel. Und das Bett war seine Höhle, weich und warm, und wenn er wollte, konnte er sich darin verkriechen und unsichtbar werden. Ein Haufen Proviant lag vor dem Höhleneingang, nur das Feuerwasser fehlte noch. Sehnsüchtig dachte Anton an die Flasche Apfelsaft im Kühlschrank – aber bis dahin war es ein langer Weg über den dunklen Flur! Sollte er zum Schiff zurückschwimmen, vorbei an den blutrünstigen Haien, die nur auf Opfer warteten? Brrr!!! Aber kamen Schiffbrüchige nicht viel eher durch Durst als durch Hunger um?
Also machte er sich auf den Weg. Er hasste den Flur mit der ewig kaputten Lampe, die keiner reparierte! Er hasste die baumelnden Mäntel an der Garderobe, die wie Wasserleichen aussahen! Und jetzt grauste ihm sogar vor dem ausgestopften Hasen in Mutters Arbeitszimmer, obwohl er sonst so gern anderen Kindern einen Schrecken damit einjagte. Endlich hatte er die Küche erreicht. Er nahm die Apfelsaftflasche aus dem Kühlschrank und schnitt sich eine dicke Scheibe Käse ab. Dabei horchte er nach draußen, ob nicht in der Zwischenzeit der

Krimi angefangen hatte. Er hörte eine Frauenstimme. Vermutlich die Ansagerin, die den Beginn des Films ankündigte. Anton klemmte die Flasche unter den Arm und sauste los.
Aber er kam nicht weit, denn schon im Flur merkte er, dass etwas nicht stimmte. Er blieb stehen und horchte ... und auf einmal wusste er, was es war: Er hörte den Fernsehton nicht mehr! Das konnte nur eins bedeuten: Irgendwer musste sich in sein Zimmer geschlichen und den Fernseher ausgeschaltet haben! Anton spürte, wie sein Herz einen Sprung machte, dann klopfte es wie verrückt. Und vom Bauch hoch stieg so ein komisches Kribbeln und blieb im Hals stecken. Schreckliche Bilder tauchten vor ihm auf – Bilder von Männern mit Strumpfmasken vor dem Gesicht, mit Messern und Pistolen, die nachts in verlassene Wohnungen eindrangen, um sie auszurauben, und die alles umlegten, was sich ihnen in den Weg stellte! Das Fenster im Zimmer hatte offen gestanden, fiel Anton ein – der Einbrecher könnte also über den Nachbarbalkon hereingeklettert sein.
Plötzlich krachte es: Die Apfelsaftflasche war Anton aus der Hand gefallen und rollte über den Flur, genau bis vor die Zimmertür. Anton hielt die Luft an und wartete ... aber nichts passierte. Ob er sich die Sache mit dem Einbrecher nur einbildete? Aber warum ging dann der Fernseher nicht mehr?
Er hob die Flasche auf und öffnete vorsichtig die Tür zu seinem Zimmer. Ein merkwürdiger Geruch stieg ihm in die Nase, modrig und muffig wie im Keller, und so, als sei etwas angebrannt. Ob das vom Fernseher kam? Schnell zog er den Stecker aus der Wand. Wahrscheinlich waren Kabel durchgeschmort.
Da hörte Anton ein seltsames Knacken, das vom Fenster zu kommen schien. Und auf einmal glaubte er, hinter dem Vorhang einen Schatten zu sehen, der sich dort vor dem hellen

Mondlicht abzeichnete. Ganz langsam, mit weichen Knien, schlich er näher. Der komische Geruch wurde stärker, es roch, als hätte jemand eine ganze Schachtel Streichhölzer abgebrannt. Auch das Knacken wurde lauter. Plötzlich blieb Anton wie angewurzelt stehen – auf dem Fensterbrett, vor der im Luftzug flatternden Gardine, saß etwas und starrte ihn an.

Es sah so schrecklich aus, dass Anton dachte, er müsste tot umfallen. Zwei kleine, blutunterlaufene Augen funkelten ihm aus einem kalkweißen Gesicht entgegen, zottiges Haar hing in langen Strähnen bis auf einen fleckigen, schwarzen Umhang herab. Der riesige blutrote Mund öffnete und schloss sich, und dabei stießen die Zähne, die leuchtend weiß und spitz wie Dolche waren, mit einem abscheulichen Klicken aufeinander. Anton sträubten sich die Haare, und das Blut stockte in seinen Adern. Das Ding am Fenster war schlimmer als King Kong, schlimmer als Frankenstein und schlimmer als Dracula! Es war das Grauenvollste, was Anton je gesehen hatte!

Dem Ding schien es Spaß zu machen, Anton in Todesängsten zittern zu sehen, denn jetzt verzog es seinen riesigen Mund zu einem scheußlichen Grinsen, bei dem es seine nadelspitzen, weit herausragenden Eckzähne ganz und gar entblößte.

«Ein Vampir!», schrie Anton.

Und das Ding antwortete mit einer Stimme, die aus den finstersten Tiefen der Erde zu kommen schien: «Jawohl, ein Vampir!» Und schon machte es einen Sprung ins Zimmer und stellte sich vor die Tür. «Hast du Angst?», fragte es.

Anton brachte keinen Ton heraus.

«Bist ja ganz schön mickrig! Nicht viel dran, schätze ich.» Der Vampir musterte ihn mit wilden Blicken. «Und wo sind deine Eltern?»

→

«Im K-Kino», stotterte Anton.
«Soso. Und dein Vater, ist der gesund? Gutes Blut?» Dabei kicherte der Vampir, und Anton sah die spitzen Eckzähne im Mondlicht aufblitzen. «Wie du sicher weißt, ernähren wir uns von Blut!»
«Ich habe ganz schlechtes B-Blut», stammelte Anton, «ich muss immer Ta-Ta-Tabletten nehmen.»
«Du Armer!» Der Vampir kam einen Schritt auf Anton zu. «Stimmt das auch?»
«Fass mich nicht an!», schrie Anton und versuchte auszuweichen. Er stieß genau gegen die Tüte mit den Gummibärchen vor seinem Bett, und sie kullerten über den Teppich. Der Vampir brach in ein dröhnendes Gelächter aus. Es klang wie Donnergrollen.
«Guck mal, Gummibärchen», rief er und wurde ganz sanft, «wie niedlich.» Er nahm ein Gummibärchen in die Hand. «Früher hatte ich auch immer welche», murmelte er, «von meiner Oma.»
Er steckte das Gummibärchen in den Mund und kaute eine Weile darauf herum. Plötzlich spuckte er es in hohem Bogen aus und begann furchtbar zu krächzen und zu husten. Dabei stieß er die entsetzlichsten Flüche und Verwünschungen aus. Anton nutzte die Gelegenheit, um hinter seinem Schreibtisch in Deckung zu gehen. Aber der Vampir war durch den Hustenanfall so geschwächt, dass er auf das Bett sackte und sich minutenlang nicht rührte. Dann zog er ein großes, blutbeflecktes Tuch unter seinem Umhang hervor und putzte sich lange und umständlich die Nase.
«Das kann auch nur mir passieren», ächzte er, «dabei hat mich Mama ausdrücklich gewarnt.»

«Wieso gewarnt?», fragte Anton neugierig. Hinter seinem Schreibtisch fühlte er sich schon bedeutend wohler.
Der Vampir warf ihm einen wütenden Blick zu. «Weil man als Vampir einen empfindlichen Magen hat, du Dussel! Süßigkeiten sind Gift für uns.»
Er tat Anton richtig Leid. «Kannst du denn Apfelsaft vertragen?», wollte er wissen.
Der Vampir stieß einen entsetzten Schrei aus. «Willst du mich vergiften?», brüllte er.
«Entschuldige bitte», sagte Anton kleinlaut, «ich dachte nur.»
«Schon gut.»
Anscheinend hatte der Vampir es ihm nicht übel genommen. Eigentlich ist er ein ganz netter Vampir, dachte Anton, obwohl er so abscheulich aussieht. Er hatte sich Vampire jedenfalls viel schrecklicher vorgestellt.
«Bist du schon alt?», fragte er.
«Steinalt.»
«Aber du bist ja viel kleiner als ich.»
«Na und? Ich bin eben als Kind gestorben.»
«Ach so.» Damit hatte Anton nicht gerechnet. «Und bist du schon – ich meine, hast du auch ein Grab?»
Der Vampir kicherte. «Kannst mich ja mal besuchen, wenn du willst. Aber bitte erst nach Sonnenuntergang. Tagsüber schlafen wir.»
«Weiß ich alles», protzte Anton. Endlich konnte er mal zeigen, was er alles über Vampire wusste. «Wenn Vampire an die Sonne kommen, sterben sie. Deshalb müssen sie sich nachts auch immer so beeilen, damit sie vor Sonnenaufgang wieder im Grab sind.»
«Kluges Bürschchen», sagte der Vampir giftig.

«Und wenn man weiß, wo einer liegt, muss man ihm einen Holzpfahl durchs Herz jagen!», fuhr Anton fort.
Das hätte er lieber nicht sagen sollen, denn der Vampir brach in ein markerschütterndes Gebrüll aus und fuhr auf Anton los. Aber Anton war schneller. Blitzschnell kroch er unter dem Schreibtisch durch und raste zur Tür, dicht gefolgt von dem wutschnaubenden Vampir. Kurz vor der Tür hatte ihn der Vampir eingeholt.
Jetzt ist es aus, dachte Anton, jetzt beißt er zu! Er zitterte am ganzen Körper. Der Vampir stand vor ihm und schnappte nach Luft. Seine Zähne machten ihr grässliches Klick-Klack, und seine Augen glühten wie feurige Kohlen. Er packte Anton und schüttelte ihn.
«Wenn du noch einmal mit dem Holzpfahl anfängst», kreischte er, «kannst du dein Testament machen, verstanden?»
«J-ja», stammelte Anton, «ich w-wollte dich auch gar nicht ärgern, bestimmt nicht.»
«Setz dich», kommandierte der Vampir barsch. Anton gehorchte, und der Vampir begann im Zimmer auf und ab zu gehen.
«Und was mach ich jetzt mit dir?», rief er.
«Wir könnten ja Platten hören», schlug Anton vor.
«Nein!», schrie der Vampir.
«Oder Malefiz spielen.»
«Nein!!»
«Oder soll ich dir meine Postkarten zeigen?»
«Nein, nein und nochmals nein!»
«Dann weiß ich auch nichts», sagte Anton ratlos.
Der Vampir war vor dem King-Kong-Poster stehen geblieben. Ein wilder Schrei entfuhr ihm. «Dieser Affe», brüllte er, riss das

Bild von der Wand und zerfetzte es in tausend kleine Schnipsel.
«Das ist gemein», protestierte Anton, «mein Lieblingsposter.»
«Na und?», zischte der Vampir. Jetzt hatte er die King-Kong-Bücher im Regal entdeckt, und Seite für Seite flatterte, mitten durchgerissen, auf das Bett.
«Meine Bücher», heulte Anton, «alle vom Taschengeld gekauft.»
Plötzlich hielt der Vampir inne – ein zufriedenes Lächeln erschien auf seinem Gesicht.

«‹Dracula› …», las er halblaut, «mein Lieblingsbuch!» Er sah Anton mit strahlenden Augen an. «Kann ich das mal leihen?»
«Meinetwegen. Aber wiederbringen, verstanden?»
«Na klar.» Zufrieden stopfte er das Buch unter den Umhang.
«Übrigens, wie heißt du eigentlich?»
«Anton. Und du?»
«Rüdiger.»
«Rüdiger?» Fast hätte Anton laut losgeprustet, aber er konnte sich gerade noch beherrschen. Schließlich wollte er den Vampir nicht noch einmal in Wut bringen.
«Ist aber ein hübscher Name», sagte er.
«Findest du?», fragte der Vampir.
«Wirklich. Und so passend.»
Der Vampir sah sehr geschmeichelt aus. «Anton ist aber auch ein hübscher Name.»
«Find ich überhaupt nicht», sagte Anton, «in der Schule lachen sie immer. Aber mein Vater heißt auch Anton, weißt du.»
«Ach so.»
«Und mein Opa hieß auch schon Anton. Als ob mich das interessiert.»
«Eigentlich fand ich Rüdiger bisher auch immer ziemlich doof», sagte der Vampir. «Aber man gewöhnt sich.»
«Ja, man gewöhnt sich», seufzte Anton.
«Sag mal, bist du öfter so allein zu Haus?», fragte der Vampir.
«Jeden Samstag.»
«Und hast du gar keine Angst?»
«Doch.»
«Ich auch. Besonders im Dunkeln», erklärte der Vampir. «Mein Vater sagt immer: ‹Rüdiger, du bist kein Vampir, du bist ein Hasenfuß!›» Sie sahen sich an und lachten.

«Ist dein Vater auch Vampir?», fragte Anton.
«Na klar!», sagte der Vampir. «Was denkst du denn?»
«Und deine Mutter auch?»
«Natürlich. Und meine Schwester und mein Bruder und meine Oma und mein Opa und meine Tante und mein Onkel ...»
«Hilfe», rief Anton, «deine ganze Familie?»
«Meine ganze Familie!», sagte der Vampir voller Stolz.
«Meine Familie ist ganz normal», meinte Anton traurig. «Mein Vater ist im Büro, meine Mutter ist Lehrerin, Geschwister hab ich keine – kannst dir vorstellen, wie langweilig es bei uns ist.»
Der Vampir sah ihn mitleidig an. «Bei uns ist immer was los.»
«Was denn? Erzähl doch mal!» Endlich würde er eine echte Vampirgeschichte hören!
«Also gut», flüsterte der Vampir. «Es war im letzten Winter. Weißt du noch, wie kalt es war? – Also, wir wachen auf, die abscheuliche Sonne ist gerade untergegangen. Ich habe entsetzlichen Hunger und will den Sargdeckel hochschieben, aber es geht nicht! Ich trommle mit den Fäusten dagegen, ich trete mit den Füßen – nichts! Und ich höre, wie sich meine Verwandten in den Gräbern ringsum genauso abrackern. Und stell dir vor: Zwei Nächte lang ist es uns nicht gelungen, die Särge zu öffnen! Dann fing es endlich an zu tauen, und wir konnten unter allergrößten Kraftanstrengungen die Deckel sprengen. Fast wären wir verhungert! Aber das ist noch gar nichts gegen die Sache mit dem neuen Friedhofswärter. Willst du die auch hören?»
«Klar!»
«Also, das war an einem ...», begann der Vampir, brach dann aber plötzlich ab. «Hörst du nichts?», flüsterte er.
«Doch», sagte Anton. Ein Auto näherte sich, hielt. Wagentüren klappten. «Meine Eltern!», rief Anton erschrocken.

Mit einem Satz war der Vampir auf dem Fensterbrett.
«Und mein Buch?», fragte Anton. «Wann ...?»
Aber der Vampir hatte schon seinen Umhang ausgebreitet und schwebte davon, ein dunkler Schatten vor der hellen Sichel des Mondes.
Schnell zog Anton die Gardine zu und kroch unter die Bettdecke. Er hörte, wie die Wohnungstür aufgeschlossen wurde und sein Vater sagte: «Na, siehst du, Helga. Alles ruhig.» Sekunden später schlief er schon.

Elternweisheit

In dieser Nacht hatte Anton einen Traum: Er war allein auf einer grenzenlosen Ebene, und er lief! Nirgends war auch nur die Spur einer menschlichen Behausung zu entdecken, es gab keine Straßen, keine Wege, nur ein paar verkrüppelte Bäume reckten ihre dürren Äste in den schwarzen Himmel. Riesige Krater gähnten in der mit Asche und Geröll bedeckten Erde. Überall lagen Knochen, leuchtende, große Knochen, und im Vorbeilaufen ahnte Anton voller Schaudern, welches Schicksal auch ihn erwartete!

Und plötzlich, während er lief, spürte er, dass irgendetwas begonnen hatte, ihn zu verfolgen! Etwas, nach dem er sich nicht einmal umzudrehen wagte, war ihm auf den Fersen. Fauchend und zischend kam es ständig näher. Nur noch wenige Meter trennten es von Anton. Da sah er vor sich ein Gebirge. Wenn er es bis dorthin schaffte, war er gerettet!

Das schaurige Krächzen seines Verfolgers wurde lauter. Schon spürte er den Atem des Scheusals heiß in seinem Nacken. Noch einmal nahm Anton all seine Kräfte zusammen und rannte – aber vergeblich! Mit einem Schrei stürzte er zu Boden und blieb, die Augen fest geschlossen, reglos liegen. Jetzt – jetzt musste ihn das Ungeheuer erreicht haben.

«Hallo, Anton», hörte er da eine vertraute, dumpf knarrende Stimme, «du rennst ja, als sei der Teufel persönlich hinter dir her!» Ein gurgelndes, dumpf dröhnendes Lachen folgte, und wirklich – es war der kleine Vampir, der da neben Anton hockte. Seine kräftigen weißen Zähne blitzten.

«Und ich wollte dir nur die Geschichte vom neuen Friedhofswärter erzählen», lachte er.
«Ach die», sagte Anton und klopfte sich verlegen den Staub aus der Hose.
«Also dann», sagte der Vampir, «es war an einem Freitag, und dieser Freitag war ausgerechnet ein 13.!» Weiter kam er nicht, denn in diesem Augenblick unterbrach ihn eine Stimme.
«Anton, frühstücken», rief sein Vater. «Ja», brummte Anton verschlafen.

«Was haltet ihr eigentlich von Vampiren?», fragte Anton, als er am Frühstückstisch saß und sich sein Brot mit Honig bestrich. Obwohl es so aussah, als sei er angestrengt mit dem Brotstreichen beschäftigt, beobachtete er doch sehr genau die Gesichter seiner Eltern. Zuerst wechselten sie einen überraschten Blick, dann begannen sie zu grinsen. Sie nehmen mich nicht ernst, dachte Anton, bestimmt halten sie mich für kindisch. Wenn die wüssten!
«Vampire», sagte die Mutter und unterdrückte ein Lächeln, «wie kommst du denn darauf?»
«Ach», meinte Anton, «früher hat es doch welche gegeben.»
«Früher», sagte der Vater, «da haben die Leute an die verrücktesten Sachen geglaubt. Zum Beispiel an Hexen.»
«Hexen!», wiederholte Anton verächtlich.
«Andere glaubten an Zwerge, an Geister, an Feen …», meinte die Mutter.
«Den Weihnachtsmann habt ihr noch vergessen», sagte Anton wütend und rührte so heftig in seinem Becher, dass der Kakao auf das Tischtuch spritzte. «Aber eins will ich euch sagen: Mit Vampiren ist das etwas ganz, ganz anderes.»

«So?», sagte der Vater spöttisch.
«Jawohl», erwiderte Anton, «und wer denkt, dass es Vampire nur in Büchern gibt ...» – «oder beim Fasching», kicherte die Mutter –, «der ist entweder blind oder taub», fuhr Anton mit erhobener Stimme fort, machte dann eine Pause und sagte schließlich leise und geheimnisvoll: «Oder sehr, sehr leichtsinnig!»
«Du machst mir ja richtig Angst», lachte die Mutter.

«Nur komisch, dass uns noch nie einer begegnet ist, was?», wandte sich der Vater an die Mutter.

«Ach», sagte Anton vergnügt, «das geht manchmal schneller, als unsereins denkt.»

«Wirklich?», rief die Mutter in gespieltem Erschrecken.

«Ihr werdet schon sehen», sagte Anton und steckte sich den Rest seines Brotes in den Mund.

«Ich sehe nur, dass meine Tasse leer ist», lachte die Mutter, «gieß mir doch bitte noch Tee ein, Anton.»

Der Vater stand auf und holte die Kanne. Während er einschenkte, sah er die Mutter augenzwinkernd an. Euch wird das Lachen schon vergehen!, dachte Anton. Zufrieden lehnte er sich in seinem Stuhl zurück und dachte an den kommenden Samstag.

Der geheimnisvolle Zipfel

Der nächste Samstag begann wie gewöhnlich. Nach dem Frühstück ging der Vater zum Einkaufen. Die Mutter hatte sich die Haare gewaschen, und nun war sie damit beschäftigt, die Trockenhaube aufzustellen. Anton half ihr dabei.

«Geht ihr wieder ins Kino?», fragte er betont uninteressiert, während er das Verlängerungskabel in die Steckdose hinter dem Sofa steckte.

«Kann sein», sagte die Mutter, «aber vielleicht muss Vati auch noch einmal ins Büro.»

«Ins Büro?», rief Anton entgeistert.

«Na ja», sagte die Mutter und zog sich die Haube über den Kopf, «lass ihn doch. Ich kann auch ohne ihn ins Kino gehen.»

«Ach so», sagte Anton erleichtert. Bei dem Gedanken, dass die Mutter zu Hause bleiben könnte, war es ihm kalt den Rücken hinuntergelaufen, denn schließlich erwartete er Besuch!

Die Mutter hatte inzwischen die Haube eingeschaltet, und vor dem jetzt einsetzenden Getöse flüchtete sich Anton in sein Zimmer, wo er schon alles für den nächtlichen Besucher vorbereitet hatte. Aus dem Bücherregal waren sämtliche Bücher verschwunden, die dem Vampir hätten missfallen können: Die letzten zwei King-Kong-Bände, die Tarzan-Hefte und die Bücher von Superman. Dafür standen dort jetzt zwei neue Bücher: Das eine, auf dessen schwarzem Umschlag eine riesige Fledermaus zu sehen war, trug in leuchtend roten Buchstaben den Titel «Vampire – die zwölf schrecklichsten Geschichten». Das andere, mit einem lila Einband, hieß «Draculas Rache».

Beide Bücher hatte Anton so aufgestellt, dass der Vampir sie auf jeden Fall bemerken musste. Am Schrank hing ein Poster, das Anton noch gestern Abend selbst gemalt hatte. Es zeigte einen Vampir, der sich soeben aus dem Grab erhob. Besonders gelungen fand Anton das totenbleiche Gesicht mit den schwarz umschatteten Augen und dem roten, schon halb geöffneten Mund, aus dem die Eckzähne spitz wie Messer hervorstanden.

«Iiieh!», hatte die Mutter gerufen, als sie das Bild entdeckte. «Musst du solche scheußlichen Sachen malen?»

«Wieso scheußlich?», hatte Anton geantwortet, während er vorsichtig mit etwas Deckweiß die Zähne übermalte, damit sie noch stärker leuchteten.

«Sieh dir doch das Gesicht an!», hatte die Mutter gerufen. «Davon kannst du ja Albträume kriegen!»

Dem Vampir wird es schon gefallen, hatte sich Anton getröstet. Zufrieden betrachtete er nun sein Werk. Auch die Grabhügel im Hintergrund, mit ihren windschiefen Grabsteinen und Kreuzen, verbreiteten eine wundervoll gruselige Stimmung! Vielleicht sollte er noch ein paar Fledermäuse hinzufügen? Allerdings waren sie schwierig zu malen. Er nahm das Buch mit den zwölf schrecklichsten Vampirgeschichten aus dem Regal und besah sich die Fledermaus auf dem Umschlag. Widerlich war sie; und zu einem Bild passte sie auch ... aber Anton verschob die Entscheidung darüber lieber auf morgen und legte sich erst einmal gemütlich auf sein Bett.

Die erste Geschichte aus dem Buch hatte er schon gestern angefangen zu lesen. Sie handelte von einem Kostümfest, auf dem die Gäste in allen nur denkbaren Verkleidungen erschienen waren – und einer war als Vampir gekommen. Sein Kostüm war so gut, dass alle vor ihm zurückwichen und sich fürchteten. Als um

Mitternacht die Kostüme abgelegt werden sollten, blieb er so, wie er war, und plötzlich merkten alle: Er war gar nicht verkleidet!

Während Anton las, kam sein Vater zurück, zweimal klingelte das Telefon, der Staubsauger brummte, Wasser lief in die Badewanne – aber Anton ließ sich durch nichts stören. Erst als ein lauter, lang gezogener Schmerzensschrei ertönte, sah er von seiner Geschichte auf und horchte. Ist das bei uns?, überlegte er.

«Mein Fuß!», hörte er da seine Mutter jammern.

«Wieso steigst du auch auf den Klappstuhl», sagte der Vater, «wozu haben wir die Trittleiter!»

«Ja», meinte die Mutter ärgerlich, «jetzt, nachdem es zu spät ist!»

«Versuch doch mal aufzutreten.»

«Au!»

«Dreh mal das Fußgelenk.»

«Das geht nicht!»

«Hast du was, Mutti?», rief Anton in den Flur hinaus.

«Ja. Ich hab mir den Fuß verstaucht», antwortete die Mutter.

«Schlimm?», fragte Anton.

«Ja», sagte die Mutter, «ich leg den Fuß erst mal hoch.»

Anton hörte, wie sie durch den Flur ins Wohnzimmer humpelte, und während er aufstand und das Buch in das Regal zurückstellte, überlegte er, ob sie mit einem verstauchten Fuß überhaupt ins Kino gehen könnte ... Es kommt darauf an, dachte er. Wenn es der rechte Fuß ist – mit dem muss sie nur auf das Gaspedal treten ...

Es war aber der linke Fuß, den die Mutter vor sich auf den Stuhl gelegt hatte und den sie mit schmerzlichen Blicken betrachtete. «So ein Pech», sagte sie, «jetzt wird er schon ganz dick.»

«Du könntest doch kalte Umschläge machen», schlug Anton vor.
«Eine gute Idee», sagte der Vater.
«Soll ich noch schnell zur Apotheke gehen?», fragte Anton.
«Das wäre lieb von dir!», freute sich die Mutter.
«Ist doch selbstverständlich», sagte Anton.
«Na», brummte der Vater, «so selbstverständlich auch nicht. Ich kann mich noch gut erinnern, wie du …»
«Hör doch auf zu mäkeln», unterbrach ihn die Mutter. Zu Anton sagte sie: «Frag bitte, was bei Verstauchungen am besten hilft.»
So kam es, dass Anton den Nachmittag damit verbrachte, kalte, mit essigsaurer Tonerde getränkte Tücher um das Fußgelenk der Mutter zu wickeln. Längst war der Vater ins Büro gegangen, und Anton fragte zum zehnten Mal: «Jetzt wird es doch bestimmt schon viiiiel besser mit deinem Fuß?»
«Ich könnte fast den Eindruck bekommen, als wolltest du mich loswerden heute Abend», meinte die Mutter.
«Wieso denn?», rief Anton und versuchte, seiner Stimme einen empörten Klang zu geben.
«Nun», sagte die Mutter und lachte, «von Vati hast du nichts zu fürchten, der ist im Büro. Aber mit mir hast du nicht gerechnet, und jetzt versuchst du, mich mit allen Mitteln gesund zu kriegen.»
«Also Mutti», sagte Anton, aber sein Protest wirkte wenig überzeugend.
«Wie dem auch sei – ich habe mich ohnehin schon entschieden», fuhr die Mutter lächelnd fort, «ich bleibe zu Hause!» Anton spürte, wie er blass wurde. «Und weißt du, was? Wir machen uns einen ganz gemütlichen Abend, wir beide ganz

allein!» Plötzlich saß ihm ein so dicker Kloß im Hals, dass er keinen Ton hervorbrachte.
«Anton», sagte die Mutter, «ist das denn so schlimm?»
«N-nein», stammelte er.
«Wir machen uns Tee, wir spielen Malefiz – ach, das ist doch herrlich», schwärmte sie. «Oder wir können auch fernsehen, wenn du willst. Ist es das, weshalb du so erschrocken bist? Denkst du, ich erlaube dir nicht fernzusehen?»
«Nein», sagte Anton leise.
«Was dann?»
«Nichts», murmelte er und sah aus dem Fenster: Es begann bereits zu dämmern! «Ich geh in mein Zimmer», sagte er, «ich möchte lesen.»
Nun war natürlich alles verdorben! Wenn er nur wüsste, wie er den Vampir warnen könnte! Wenn es nur eine Möglichkeit gäbe, sich mit ihm zu verständigen! Anton warf sich auf sein Bett und vergrub den Kopf in der Decke. Er fühlte sich von aller Welt verlassen, hilflos und traurig. Seit einer Woche hatte er sich auf diesen Abend gefreut!
Da pochte es am Fenster – zuerst so leise, dass Anton dachte, er müsste sich getäuscht haben. Aber dann pochte es wieder, und wie vom Blitz getroffen, sprang er aus dem Bett, lief ans Fenster und riss die Gardine zur Seite: Auf dem Fenstersims saß der Vampir! Er lächelte und machte Anton ein Zeichen, ihn hereinzulassen. Mit einem raschen Blick zurück vergewisserte sich Anton, dass seine Zimmertür nach wie vor geschlossen war, dann öffnete er das Fenster. Sein Herz schlug schnell und laut, und seine Hände zitterten, als er den Riegel hochschob.
«Hallo», sagte der Vampir, «freut mich, dich zu sehen.»
«Psst!», flüsterte Anton. «Feind hört mit!»

«Ach so», sagte der Vampir.
«Meine Mutter», flüsterte Anton, «sie hat sich den Fuß verstaucht.»
Besonders beunruhigt schien der Vampir allerdings nicht zu sein. Vielmehr blickte er mit leuchtenden Augen auf die Tür und leckte sich die Lippen.
«Du wirst doch nicht etwa ...», stotterte Anton. Der Verdacht, der plötzlich in ihm auftauchte, war so schrecklich, dass er nicht wagte, ihn auszusprechen. Aber der Vampir hatte ihn auch so verstanden. Er machte ein verlegenes Gesicht und sagte: «Nein, nein, keine Sorge. Außerdem hab ich schon gegessen.» Dabei stieß er ein krächzendes Gelächter aus, das Anton erschrocken zusammenfahren ließ.
In diesem Augenblick hatte der Vampir die Bücher bemerkt.
«‹Vampire – die zwölf schrecklichsten Geschichten›», las er, und freudig überrascht fragte er: «Neu?»
Anton nickte. «Und das da auch: ‹Draculas Rache›.»
«‹Draculas Rache›?» Fast liebevoll nahm der Vampir das Buch in die Hand. «Das hört sich gut an!»
«Hast du das andere wieder mitgebracht?», fragte Anton
«Ähäm», machte der Vampir und hustete betreten, «das hat zurzeit meine kleine Schwester.»
«Deine kleine Schwester?», rief Anton.
«Na ja. Du kriegst es schon wieder. Sie hat so gebettelt, und da konnte ich nicht Nein sagen.»
Und während er «Draculas Rache» schnell unter seinen Umhang steckte, sagte er: «Nächste Woche kriegst du dann beide wieder.»
«Na gut», sagte Anton. «Übrigens, wie findest du mein Bild?» Stolz wies er auf das Poster am Schrank.

«Das ist von dir?» Der Vampir verzog anerkennend die Mundwinkel. «Nicht schlecht.»
«Und wie findest du den Vampir?»
«Gut! Aber vielleicht ist der Mund etwas zu rot.»
«Zu rot? Aber deiner ist doch auch so rot!»
«Na ja», sagte der Vampir und hüstelte, «ich habe ja auch gegessen.»
«Ach so», murmelte Anton, «das hab ich natürlich nicht gewusst. Aber ich kann ihn ja noch mal übermalen», meinte er.
Plötzlich hörte er, dass die Wohnzimmertür geöffnet wurde.
«Meine Mutter!», rief er. «Schnell, in den Schrank!»
«Warum denn?», fragte der Vampir und wollte zum Fenster. «Ich kann doch auch ...»
«Nein, nein», sagte Anton, «sie geht ja gleich wieder.»
Da klopfte es auch schon an Antons Tür.
«Anton», rief die Mutter, «wollen wir Tee trinken?»
«Ach», sagte Anton, während er zur Tür ging und sich dabei angestrengt eine Ausrede überlegte, «ich hab gar keinen Durst.»
Er öffnete die Tür nur einen Spaltbreit.
«Und Malefiz? Was hältst du davon?»
«Mein Buch ist gerade so spannend.»
«Du, Anton», sagte die Mutter mit besorgter Stimme und versuchte, an ihm vorbei ins Zimmer zu spähen, «du bist doch nicht krank? Ist dir schlecht?»
«Wieso denn?»
«Es riecht so merkwürdig bei dir. Anton, hast du etwa mit Streichhölzern gespielt?»
«I-ich?», rief Anton empört. «Nein!»
«Irgendetwas stimmt hier nicht», erklärte die Mutter, und entschlossen schob sie Anton zur Seite und betrat mit humpelnden

Schritten das Zimmer. Misstrauisch sah sie sich um, konnte aber offenbar nichts Besonderes entdecken. Doch dann fiel ihr Blick auf den Schrank, und mit dem Ausruf: «Ja, was ist denn das?», packte sie den geheimnisvollen Zipfel schwarzen Stoffes, der aus der geschlossenen Schranktür hervorsah, und zog daran.
«Au», rief eine dumpfe Stimme aus dem Schrank, «mein Umhang!»
Anton war kreidebleich geworden. «Ein Freund von mir», sagte er schnell und stellte sich schützend vor die Schranktür.
«Und warum im Schrank?», fragte die Mutter.
«Weil – er ist etwas lichtscheu.»
«Soso, lichtscheu», sagte die Mutter, «ich würde ihn aber trotzdem gern mal sehen.»
«Nein, das ist unmöglich.»
«Und warum?»
«Weil – er ist heute in seinem Faschingskostüm gekommen.»
«In seinem Faschingskostüm?», lachte die Mutter. «Das ist ja noch ein Grund mehr, ihn sich anzugucken! Frag ihn doch, ob er mit uns Tee trinken will!»
Anton schüttelte den Kopf. «Das will er bestimmt nicht. Er trinkt nämlich keinen – Tee.»
«Nein? Was dann?»
Aus dem Schrank war ein heiseres Krächzen zu hören. «Trinkt er vielleicht – Saft?», fragte die Mutter.
«Wenn er schön rot ist!», knurrte der Vampir aus dem Schrank.
Erschrocken zuckte die Mutter zusammen. «Roten Saft hab ich nicht», sagte sie, «aber Brause.»
«Brause – pfui!», fauchte der Vampir.
«Na, dann eben nicht», sagte die Mutter beleidigt, «ich geh jetzt Tee kochen.» Damit humpelte sie zur Tür.

Kaum war sie verschwunden, als der Vampir, schwankend und nach Luft schnappend, aus dem Schrank geklettert kam. Sein Gesicht war noch blasser als sonst, und seine Zähne klickten schrecklich laut aufeinander.
«Und jetzt?», fragte Anton, der aufgeregt im Zimmer hin und her lief.
«Ich fliege!», erklärte der Vampir mit Grabesstimme.
«Du kannst mich doch nicht im Stich lassen», rief Anton. «Was soll ich meiner Mutter sagen, wenn sie fragt, wo du bist?»
«Sag ihr ...», begann der Vampir, aber da hörten sie beide schon wieder die Schritte der Mutter im Flur.
«Kommt ihr?», rief sie.
Ohne ein weiteres Wort schwang sich der Vampir in die Luft und flog davon.
«Wo ist denn dein Freund?», fragte die Mutter überrascht an der Tür.
«Der – ähäm», sagte Anton, «also, der ist jetzt zum Fasching gegangen.»
«Zum Fasching?», staunte die Mutter. «Mitten im Sommer?»
«Warum nicht?», murmelte Anton.
Die Mutter sah ihn zweifelnd an. «Komische Freunde hast du da», meinte sie.
«Wieso Freunde», brummte Anton, «es war ja nur einer.»
«Aber was für einer!», lachte die Mutter. «Hoffentlich kriege ich ihn das nächste Mal außerhalb des Schranks zu sehen! Übrigens, ich habe gar nicht gehört, wie er gegangen ist.»
«Er ist eben sehr rücksichtsvoll», sagte Anton. Puh, dachte er, gleich fragt sie, warum er beim Kommen nicht geklingelt hat. Und was sag ich dann? Aber glücklicherweise läutete gerade der Minutenwecker in der Küche.

«Oh», rief die Mutter, «der Tee ist fertig. Kommst du gleich?»
Anton nickte.
«Fein», sagte sie, «und vergiss nicht, dein Fenster zu schließen. Sonst kriegst du noch Motten ins Zimmer.»
«Oder Vampire», sagte Anton, aber das hatte die Mutter schon nicht mehr gehört. Traurig ging Anton ans Fenster. Und das war nun sein Samstag, auf den er sich so gefreut hatte! Na ja, vielleicht klappte es nächste Woche besser! Er schloss das Fenster und zog die Gardine vor.
«Ich komme jetzt», rief er, «und das Malefiz bring ich auch mit!»

Beim Teetrinken fragte die Mutter: «Wie hatte er sich eigentlich verkleidet, dein Freund?»
«Ach der, der hatte sich als – äh ...», murmelte Anton und räusperte sich lange und umständlich, «also, der war ...» Sollte er die Wahrheit sagen? Seine Mutter würde ihm ohnehin nicht glauben.
Sie lachte. «Ist es denn so schwierig zu erklären?»
«Gewissermaßen ja», sagte Anton, «also, er war – Vampir!»
«Vampir?», rief die Mutter und brach in ein herzliches Gelächter aus. «Wie schade, dass ich ihn nicht gesehen habe!»
«Bestimmt zieht er sein Kostüm noch öfter an», sagte Anton, um sie zu trösten. Und plötzlich leichtsinnig geworden, fügte er hinzu: «Er hat es sogar eigentlich fast immer an.»
Aber die Mutter glaubte ihm tatsächlich nicht. Sie lachte nur noch lauter und rief: «Anton, du liest entschieden zu viele Schauergeschichten! Jetzt musst du mir nur noch erzählen, dass er nicht durch die Tür gegangen, sondern davongeflogen ist!»
«Wenn du es sowieso schon weißt», sagte Anton gekränkt. Dass

Erwachsene immer glaubten, sie hätten die Weisheit gepachtet!
«Aber Anton», sagte die Mutter versöhnlich, «wir wollen uns doch nicht über Vampire streiten! Komm, jetzt spielen wir Malefiz, einverstanden?»
«Ja», brummte Anton. Hatte er sich etwa über Vampire streiten wollen? Seufzend stellte er das Spielbrett auf, verteilte die Steine und schob der Mutter den Würfel zu: «Du bist dran.»
«Wieso ich?»
«Der Schwächere fängt an.»

Der zweite Umhang

«Du, Anton», fragte die Mutter am Samstag darauf, «kommt heute eigentlich dein Freund?» Die Eltern wollten an diesem Abend ins Theater gehen, und deshalb hatten sie sich besonders festlich angezogen: Die Mutter trug ihr Glitzerkleid mit dem tiefen Ausschnitt und der Vater seinen Samtanzug und den Seidenschlips.

Anton, der schon an der Wohnungstür wartete, um ihnen nachzuwinken, hustete verlegen und sagte: «Ähäm, vielleicht, das heißt, falls er nicht zum Fasching geht.»

«Wie?», rief der Vater. «Wer geht zum Fasching?»

Lachend sagte die Mutter: «Antons neuer Freund. Der scheint das ganze Jahr hindurch Fasching zu feiern.»

Der Vater machte ein verständnisloses Gesicht.

«Und weißt du, in welchem Kostüm?», kicherte die Mutter. «Als Vampir.»

Jetzt sah der Vater so dämlich aus, dass Anton am liebsten laut losgelacht hätte. Aber er verkniff es sich lieber – sonst gab es noch Streit, und dann blieb der Vater aus Wut womöglich zu Hause! Wer weiß denn schon, auf welche Ideen Erwachsene kommen?

«Jedenfalls», sagte die Mutter zu Anton, «möchten wir ihn bald einmal kennen lernen, deinen Freund. Und seine Eltern natürlich auch.»

«Seine Eltern?», rief Anton.

«Aber sicher», sagte die Mutter, «wir wollen doch wissen, mit wem unser Sohn befreundet ist.»

«Aber ich bin doch nicht mit den Eltern befreundet!», rief Anton.

«Trotzdem!», sagte die Mutter. «Übrigens, wo wohnt eigentlich dein Freund?»

«Wir müssen los», unterbrach sie der Vater, «komm, Helga!»

«Ja ja, sofort», sagte die Mutter.

Anton, der schon gehofft hatte, ihm würde die Antwort erspart bleiben, fing an zu stottern: «Also der, ja, also der, der wohnt am F-Friedhof.»

«Wo?», rief die Mutter erschrocken, aber der Vater fasste sie sanft am Arm und zog sie mit sich ins Treppenhaus.

«Lass dich doch nicht für dumm verkaufen», lachte er, «wo gibt es denn so was? Fasching im Sommer, Vampire, Friedhof!»

Auf dem Treppenabsatz drehte er sich noch einmal um und winkte.

«Tschüs, Anton!» Die Mutter winkte auch, aber sie sah beunruhigt und nachdenklich aus. Hatte sie Verdacht geschöpft?

Anton schloss die Tür und ging in sein Zimmer. Vom Fenster aus konnte er sehen, wie seine Eltern ins Auto stiegen und losfuhren. Hoffentlich ließ Rüdiger nicht so lange auf sich warten! Mittlerweile war die Sonne untergegangen. Groß und rund stand der Mond am Himmel.

Auf der Straße, sechs Stockwerke unter ihm, hatten sich die Lampen eingeschaltet. Ein großer, schwarzer Falter flatterte dort, kam langsam näher und begann, in weiten Schwüngen zu steigen, bis er auf einer Höhe mit Antons Fenster war. In diesem Augenblick ging eine seltsame Verwandlung mit ihm vor: Zuerst erschienen zwei Füße unter den Flügeln, dann tauchten zwei Hände auf, und schließlich sah Anton einen

gräulichen, ihm nur allzu gut bekannten Kopf. Es war der kleine Vampir, der jetzt mit einer gekonnten Drehung neben Anton auf der Fensterbank landete.

«Mensch, hast du mich erschreckt!», prustete Anton.

«Wieso ‹Mensch›?», antwortete der Vampir und schüttelte sich.

«Fliegst du immer so als Motte?», fragte Anton.

«Wie bitte?», rief der Vampir, und seine Augen funkelten zornig. «Das war doch keine Motte, das war eine Fledermaus!»

«Ach so», sagte Anton verlegen. Immer musste er ins Fettnäpfchen treten!

Aber der Vampir war wirklich nicht nachtragend. Er machte schon wieder ein freundliches Gesicht, soweit ihm das als Vampir möglich war.

«Bist du allein?», fragte er. Anton nickte. «Ich hab dir etwas mitgebracht!» Und schon zog er unter seinem Umhang einen zweiten hervor, genauso geschnitten und ebenso schwarz. Dass es ein echter Vampirumhang war, erkannte Anton schaudernd an den vielen Blutflecken und dem Geruch nach feuchter Erde, vermodertem Holz und abgestandener Grabesluft.

«Zieh ihn über», flüsterte der Vampir.

«Überziehen?», fragte Anton mit ängstlicher Stimme.

«Na los!»

«Ja, aber», murmelte Anton. Ihm war die Geschichte vom Kostümfest eingefallen. Ob er sich nicht vielleicht selbst in einen Vampir verwandelte, wenn er den Umhang überzog? Zwar mussten in den Geschichten, die er gelesen hatte, die Opfer zuerst vom Vampir gebissen worden sein – aber wusste er denn, was der Vampir noch mit ihm vorhatte? Ein heftiges Zittern überfiel ihn, und mit weichen Knien tappte er rückwärts zur Tür.

«Aber Anton», sagte der Vampir, «ich denke, wir sind Freunde!»
«J-ja», stammelte Anton, und in seiner Aufregung stolperte er über die Schultasche neben dem Schreibtisch und fiel der Länge nach auf den Boden.
Der Vampir half ihm beim Aufstehen. «Denkst du, ich könnte dir etwas – antun?», fragte er und sah Anton aus den Augenwinkeln heraus lauernd an.
«N-nein», sagte Anton und wurde rot, «ich dachte nur, dass vielleicht der Umhang … Aber das ist natürlich B-Blödsinn», fügte er schnell hinzu.
«Allerdings!», bekräftigte der Vampir, hob den Umhang vom Boden auf und reichte ihn Anton. «Da, zieh ihn über!»
Anton spürte, wie ihm auf einmal entsetzlich übel wurde, aber trotzdem nahm er den Umhang und zog ihn sich langsam über den Kopf. Der Vampir sah ihm mit leuchtenden Augen zu.
«Und jetzt – kannst du fliegen!»
«Fliegen?», fragte Anton. «Und wie?»
«Nichts leichter als das!», rief der Vampir, sprang auf den Schreibtisch und breitete die Arme aus. «Du denkst dir einfach, deine Arme wären Flügel! Und nun bewegst du sie wie Flügel, ganz ruhig und gleichmäßig. Auf, ab, auf, ab …»
Er hatte kaum die ersten Schwünge ausgeführt, als er auch schon zu schweben begann.
«Und jetzt bist du dran!», rief er, nachdem er auf Antons Bett gelandet war.
«I-ich?», stotterte Anton.
«Na klar!»
Mit wackligen Beinen kletterte Anton nun ebenfalls auf den Schreibtisch und streckte die Arme aus.

«Und jetzt – fliegen!», kommandierte der Vampir.
«Ich kann nicht!»
«Natürlich kannst du!»
«Nein!»
«Doch! Du musst nur wollen!»
«Nein!»
«Doch!»
«Na gut!» Plötzlich war es Anton egal, ob er mit dem Kopf auf den Boden knallte – wenn nur der Vampir einsah, dass Anton Recht hatte: Menschen konnten eben nicht fliegen! Also machte er einen weiten Satz in den Raum hinein – – – und flog! Die Luft trug ihn! Es war ein Gefühl wie beim Tauchen – nur viel, viel schöner!
«Ich kann fliegen!», jubelte er.
«Klar», knurrte der Vampir, «aber jetzt komm!» Er saß schon auf der Fensterbank und sah sich ungeduldig nach Anton um. «Wir haben noch viel vor heute Nacht!» Damit erhob er sich und flog in die Nacht hinaus. Anton, der plötzlich überhaupt keine Angst mehr hatte, folgte ihm.

Friedhofsgeflüster

«Wohin fliegen wir?», fragte Anton unterwegs.
«Zu mir», antwortete der Vampir, «die Bücher holen.»
«Welche Bücher?»
«Deine!»
«Und wo – ich meine, wo sind sie?», fragte Anton.
Der Vampir sah ihn von der Seite an und grinste. «Im Sarg natürlich, wo denn sonst?»
«Ach so», sagte Anton und schluckte, «dann wollen wir sicher auf den Frie-Friedhof?»
«Klar! Hast du Angst?»
«Ich? Nein!»
«Brauchst du auch nicht», sagte der Vampir freundlich, «meine Verwandten sind nämlich alle unterwegs.»
Anton seufzte erleichtert.
Vor ihnen tauchte jetzt die Friedhofsmauer auf.
«Psst!», flüsterte der Vampir und fasste Anton am Ärmel. «Wir müssen vorsichtig sein.»
«Warum?», fragte Anton, aber der Vampir gab keine Antwort. Er schien angestrengt zu lauschen.
«Ist da jemand?», fragte Anton ängstlich.
Sie mussten sich an einer ganz abgelegenen Stelle irgendwo auf der Rückseite des Friedhofs befinden. Anton konnte sich erinnern, dass im letzten Sommer die Friedhofsmauer weiß gestrichen worden war, aber hier sahen die Steine so grau wie eh und je aus, und dichtes Moos überwucherte sie.
«Einer von deinen – Verwandten?», fragte Anton.

Der Vampir schüttelte den Kopf. «Der Friedhofswärter auf seinem Rundgang», zischte er, «komm, wir landen!»
Kaum hatten sie sich hinter der Mauer versteckt, als sie auch schon ein lautes Räuspern hörten.
«Das ist er», flüsterte der Vampir. Er sah besorgt und ängstlich aus. «Weißt du», flüsterte er, «er sucht uns.»
«Uns?», rief Anton erschrocken.
«Psst! Uns Vampire natürlich!»
«Und warum?»
«Weil er uns nicht leiden kann. Was denkst du wohl, was er in seiner Tasche hat? Holzpflöcke und einen Hammer!»
«Woher weißt du das?»
«Woher ich das weiß?» Das Gesicht des Vampirs wurde noch bleicher. «Weil er meinem lieben Onkel Theodor einen Holzpfahl durchs Herz getrieben hat!»
«Iiieh!», rief Anton.
«Und das alles nur, weil mein Onkel Theodor unvorsichtigerweise kurz nach Sonnenuntergang auf seinem Sarg Quartett gespielt hat. Der Friedhofswärter brauchte sich nur die Stelle zu merken, an der sich das Grab befand, und am nächsten Tag, als es noch hell war ...» Er machte eine Pause und horchte wieder. Aber alles blieb still. «Und seitdem», fuhr er flüsternd fort, «lässt er uns nicht mehr in Ruhe.»
«Könnt ihr nicht einfach ...», meinte Anton und klappte viel sagend mit den Zähnen.
«Den doch nicht! Der isst von morgens bis abends Knoblauch!»
«Brrr!», schüttelte sich Anton. «Knoblauch!»
«Wenn ich dagegen an den alten Friedhofswärter denke!», schwärmte der Vampir. «Der glaubte nicht an uns, und ein lahmes Bein hatte er außerdem. Kein einziges Mal ist er in diese

Ecke des Friedhofs gekommen, sodass wir schon fast vergessen hatten, dass es überhaupt Friedhofswärter gibt.» Verträumt sah er in den dunklen Himmel hinauf. «So ein guter Mensch!»
«Und der neue», fragte Anton, «der glaubt an Vampire?»
«Leider», antwortete der Vampir, «und nicht nur das: Er hat sich vorgenommen, den ersten vampirfreien Friedhof Europas zu haben!» Er machte jetzt ein so trauriges Gesicht, dass er Anton richtig Leid tat.
«Und dagegen könnt ihr gar nichts unternehmen?», fragte er.
«Was denn?», schniefte der Vampir.
«Ihr könntet – umziehen.»
«Und wohin? Wer will schon acht Vampire haben?»
«Hm», sagte Anton und überlegte. «Und wenn ihr euch verteilt? Ich meine, wenn auf jeden Friedhof nur einer ...»
Aber der Vampir schüttelte heftig den Kopf. «Kommt gar nicht infrage», rief er, «Vampire gehören zusammen!» Er stand auf und spähte über die Mauer.
«Und?», fragte Anton.
«Er ist weg», sagte der Vampir, «jetzt kann ich dir meinen Sarg zeigen.»
Etwas beklommen war Anton doch zu Mute, als sie über die Friedhofsmauer kletterten und plötzlich inmitten umgestürzter Grabsteine, verfallener Kreuze und wild wuchernden Gestrüpps standen. Eine unheimliche Stille herrschte hier, und im Mondlicht sah der Friedhof düster und unwirklich aus. Aber nirgendwo konnte Anton die Spur eines bewohnten Grabes entdecken.
Der Vampir lächelte. «Gut versteckt, nicht wahr? Du befindest dich in unmittelbarer Nähe der Gruft, und trotzdem hast du keine Ahnung, wo sie ist.»

«Gruft?», fragte Anton überrascht. «Ich denke, jeder hat sein eigenes G-Grab?»
«Eine Vorsichtsmaßnahme», erklärte der Vampir. «Wir haben alle Särge in eine gemeinsame unterirdische Gruft verlegt, zu der es nur einen einzigen, gut versteckten Einstieg gibt. Außerdem haben wir natürlich noch einen Notausgang.»
Er sah sich vorsichtig nach allen Seiten um. Dann hob er einen flachen, mit Moos bewachsenen Stein auf, der fast unsichtbar unter einer großen Tanne lag. Ein enger Schacht kam zum Vorschein.
«Der Einstieg», flüsterte er, «ich geh zuerst, und du kommst nach. Aber vergiss nicht, den Stein wieder über das Loch zu ziehen!»
Schnell rutschte der Vampir, mit den Füßen zuerst, den Schacht hinunter.

Gruft Schlotterstein

Einen Augenblick lang blieb Anton unschlüssig stehen. Sollte er ihm wirklich in die Gruft folgen? Wer sagte ihm, dass es keine Falle war? Andererseits – war der Vampir nicht immer ehrlich zu ihm gewesen? Und war es nicht viel gefährlicher, hier mitten in der Nacht allein auf dem Friedhof zu stehen? Wenn jetzt zum Beispiel einer der Vampire zurückkäme ... Nein! Es war auf jeden Fall besser, im Vertrauen auf Rüdiger, der alle Gefahren des Friedhofs kannte, hinunterzusteigen! Anton schob seine Beine in das Loch und ließ sich langsam nach unten gleiten.
Zuerst war es ein aufregendes Gefühl, so in die Erde hineinzurutschen, aber als dann nur noch sein Kopf und seine Arme oben aus dem Loch heraussahen, wurde ihm doch unbehaglich zu Mute. Was geschah, wenn der Schacht noch viel tiefer in die Erde hineinführte ...? Kam er dann überhaupt jemals wieder nach oben? Doch da hörte er die Stimme des Vampirs ganz nah unter sich: «Spring, Anton!», und ließ sich fallen.
Er landete auf einer Plattform. Über ihm, gerade so hoch, dass er es noch mit den Händen erreichen konnte, befand sich das Einstiegsloch. Er stellte sich auf die Zehenspitzen und zog den Stein über das Loch. Jetzt war es ganz finster um ihn herum, und es dauerte eine Weile, bis sich seine Augen so weit an das Dunkel gewöhnt hatten, dass er die Stufen erkennen konnte, die in das Innere der Gruft führten. Ein schwacher Lichtschein drang zu ihm herauf, und es roch nach Fäulnis und Moder.

«Bist du da?», rief Anton mit ängstlicher Stimme.
«Ja, komm», antwortete der Vampir.
Mit unsicheren Schritten ging Anton Stufe um Stufe nach unten, bis er plötzlich in einer Höhle stand. Es war ein niedriger Raum, den die dünne Kerze, die in einer Nische neben dem Eingang brannte, nur schwach erhellte. Bis auf die Särge an den Wänden war er vollkommen leer. Auf dem vordersten Sarg stand der kleine Vampir und sah Anton mit einem strahlenden Lächeln entgegen.
«Willkommen in Gruft Schlotterstein!», rief er, und stolz fragte er: «Na, was sagst du nun?»
«Ich ...», sagte Anton und stockte. Konnte er etwa zugeben, dass er die Gruft entsetzlich fand und dass er fürchtete zu ersticken, weil es so schauerlich roch?
«Tolle Anlage, was?», schwärmte der Vampir.
«Wieso – Schlotterstein?», fragte Anton mit schwacher Stimme.
«Weil», verkündete der Vampir, «dies die letzte Ruhestätte der Familie von Schlotterstein ist!»
«Heißt du auch Schlotterstein?», fragte Anton.
«Allerdings! Rüdiger von Schlotterstein, wenn ich bitten darf!» Dazu machte er eine komische Verbeugung, bei der Anton seinen dünnen, faltigen Hals sah.
«Und nun», rief der kleine Vampir und sprang von seinem Platz herab, «will ich dir die Särge zeigen!»

Er nahm die Kerze, fasste Anton am Arm und ging mit ihm in die Gruft hinein. Das flackernde Kerzenlicht warf gespenstisch tanzende Schatten an die Wand. Anton spürte, wie sein Mund trocken wurde.

«Hier siehst du den Sarg meiner lieben Großmutter», erklärte der Vampir und blieb vor einem großen, mit vielen Schnitzereien verzierten Sarg stehen, «Sabine von Schlotterstein die Schreckliche.»

«Die Schreckliche?», fragte Anton.

«Na ja, das war früher», beruhigte ihn der Vampir, «schließlich war sie der erste Vampir in der Familie und musste sich erst mal überall bekannt machen.»

Mit Schaudern betrachtete Anton den Sarg. Was mochte wohl tagsüber darin liegen?

«Und dies», sagte der Vampir am nächsten Sarg, «ist Wilhelm, mein Großvater. Sabine hat natürlich ihn zuerst gebissen, und so folgte er ihr schon bald nach und konnte sie bei ihren nächtlichen Ausflügen tatkräftig unterstützen. Er hieß damals Wilhelm der Wüste», fügte er hinzu und kicherte.

«Musste er sich auch erst – bekannt machen?», fragte Anton.

«Das nicht», antwortete der Vampir, «aber er hatte immer furchtbaren Hunger.»

Anton fühlte, wie es ihm kalt den Rücken hinunterlief. «Und wer ist das?», fragte er schnell und zeigte auf den dritten Sarg.

«Das ist mein Vater», erklärte der Vampir, «Ludwig von Schlotterstein der Fürchterliche, das älteste Kind von Sabine und Wilhelm von Schlotterstein. Neben ihm liegt meine Mutter, Hildegard die Durstige. Mein Vater war natürlich schon Vampir, als sie heirateten. Meine Mutter wusste allerdings nichts davon. Erst als sie auf Burg Schlotterstein war, da ...» Er sprach nicht weiter, sondern grinste nur und knackte mit seinen Zähnen.

«Ja, und das», fuhr er fort, «ist mein Sarg. In den darfst du sogar hineinklettern.»
«Nein danke», murmelte Anton, «lieber nicht.»
«Aber warum nicht?», rief der Vampir und beeilte sich, den Deckel hochzuklappen. Das Innere des Sargs war mit schwarzem Samt ausgekleidet, der allerdings an vielen Stellen schon ziemlich durchgelegen aussah. Am Kopfende lag ein kleines schwarzes Kissen, auf dem Anton seine beiden Bücher entdeckte.
«Ist das alles?», fragte er enttäuscht.
«Wieso?», rief der Vampir.
«Na ja», sagte Anton, «ich hatte es mir etwas gemütlicher vorgestellt.»
«Gemütlicher?», frage der Vampir und machte ein überraschtes Gesicht. «Wie denn?»
«Vielleicht etwas – ge-geräumiger», stotterte Anton, der merkte, dass er etwas Falsches gesagt hatte.
«Geräumiger?», rief der Vampir empört. «Ist etwa nicht genügend Platz im Sarg? Sogar für dich reicht es noch, wenn wir etwas zusammenrücken!» Und damit stieg er in den Sarg, schob die Bücher zur Seite und streckte sich bequem aus.
«Siehst du», rief er, «es ist noch genug Platz für dich!»
«Tatsächlich», murmelte Anton, «ich hätte gar nicht gedacht, dass er so ...»
«Du sollst auch nicht denken», rief der Vampir ungeduldig, «sondern hineinsteigen!»
«Äh – ich ...», sagte Anton und trat schnell an den nächsten

Sarg, «ich überleg schon die ganze Zeit, wem wohl dieser niedliche Sarg gehört.»

Der Vampir hob den Kopf und knurrte: «Meiner kleinen Schwester. Aber jetzt komm endlich.»

«Und der dahinter?», rief Anton verzweifelt. Nie und nimmer würde er sich zu Rüdiger in den Sarg legen!

«Der gehört meinem Bruder», sagte der Vampir zähneknirschend, «Lumpi von Schlotterstein dem Starken.»

«Und wie – heißt deine Schwester?», versuchte Anton noch einmal abzulenken. In diesem Augenblick hörte er ein leises Klopfen, das aus einem der Särge zu kommen schien. Starr vor Entsetzen blieb er stehen. Waren sie doch nicht allein in der Gruft? Hatte Rüdiger ihn belogen? Aber auch auf dem Gesicht des Vampirs zeigten sich Überraschung und Erschrecken.

«Psst!», flüsterte er, während er behände aus dem Sarg geklettert kam. «Das kann nichts Gutes bedeuten. Du musst dich verstecken.»

«Verstecken?», rief Anton. «Wo denn?»

Der Vampir zeigte auf seinen Sarg, dessen Deckel noch offen stand.

Da klopfte es wieder, aber diesmal viel lauter und kräftiger, und jetzt konnten sie deutlich erkennen, aus welchem Sarg das Klopfen kam. «Tante Dorothee!», rief der Vampir entsetzt. Sein Gesicht sah plötzlich noch weißer aus, und seine Zähne klapperten, als hätte er Schüttelfrost.

«Schnell, zu mir in den Sarg!», rief er. «Wenn dich Tante Dorothee hier findet, bist du verloren!» Anton war der Schreck dermaßen in die Glieder gefahren, dass er sich willenlos zum Sarg ziehen und hineinschieben ließ.

«Und keinen Muckser!», schärfte ihm der Vampir noch ein, be-

vor er den Sargdeckel schloss. Dann war Anton allein. Pechschwarze Finsternis umgab ihn, und es roch so entsetzlich, dass ihm fast übel wurde. Aus der Gruft hörte er die Stimme des Vampirs: «Ich komm ja schon, Tante Dorothee», ein Sargdeckel knarrte, und dann brach ein ohrenbetäubendes Gezeter los.

«So eine Gemeinheit!», kreischte eine schrille weibliche Stimme. «Lasst ihr mich hier im Sarg verhungern! Noch zehn Minuten, und ich wäre vor Entkräftung gestorben!»

«Aber Tante Dorothee», sagte der Vampir, «warum hast du denn nicht selbst den Deckel geöffnet?»

«Warum?», keifte sie. «Weil ich so erschöpft bin, dass ich kaum noch klopfen konnte. Außerdem war ich vor Hunger in Ohnmacht gefallen.»

An dem nun folgenden Poltern erkannte Anton, dass sich die Tante aus dem Sarg erhob.

«Ach, bin ich schwach», jammerte sie, «wenn ich doch etwas zu essen hätte! – Aber was ist denn das?», rief sie mit plötzlich ganz veränderter Stimme. «Ich rieche Menschenblut!»

Anton blieb das Herz stehen. Wenn sie ihn hier fand!

«Aber Tante», sagte der Vampir, «das ist doch völlig unmöglich. Du musst dich täuschen.»

«Ich täusche mich nie», erklärte die Tante, «allerdings – es könnte ja auch von draußen kommen ...»

«Vielleicht geht gerade ein Mann mit seinem Hund spazieren», meinte der Vampir. «Auf jeden Fall solltest du dich beeilen, bevor er weg ist!»

«Du hast Recht!», rief die Tante aufgeregt. «Wenn ich mich nicht beeile, ist er weg!»

Anton hörte, wie sie die Treppen hinaufstürmte und den Stein zur Seite schob. Dann war alles ruhig. Anton hielt den Atem an

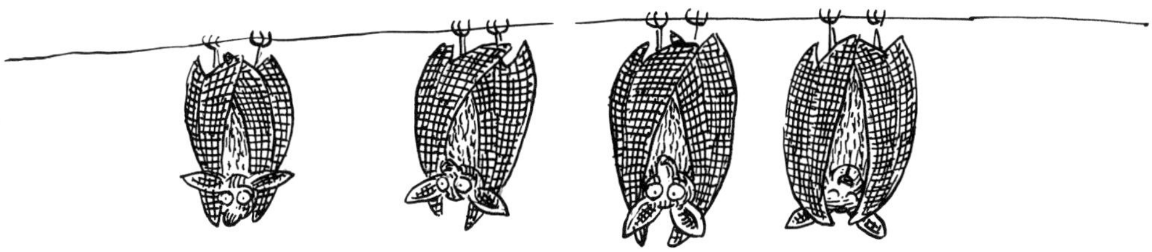

und lauschte. War Rüdiger mitgegangen? Aber jetzt kamen leichte Schritte die Treppen hinunter, und gleich darauf wurde der Sargdeckel hochgehoben.
«Hallo», sagte der kleine Vampir und grinste.
Anton hob den Kopf und fragte vorsichtig: «Ist sie weg?»
«Klar», lachte der Vampir, «die sucht jetzt den Mann mit dem Hund.»
Anton hatte sich auf den Sargrand gesetzt. Er fühlte sich todmüde.
«Einen besonders unternehmungslustigen Eindruck machst du nicht», meinte der Vampir.
«Ich will nach Hause», murmelte Anton.
«Nach Hause?», rief der Vampir. «Aber die Nacht hat doch erst angefangen.»
Anton schüttelte nur stumm den Kopf.
«Na gut, wenn du nicht willst», brummte der Vampir, «dann können wir meinetwegen auch zurückfliegen. Aber vergiss deine Bücher nicht!»

Kaum zehn Minuten später lag Anton in seinem Bett. Er sah noch einmal zum Fenster, das er hinter sich geschlossen hatte und in dem nun schwarz und fremd die Nacht stand. Dann schloss er die Augen und schlief.

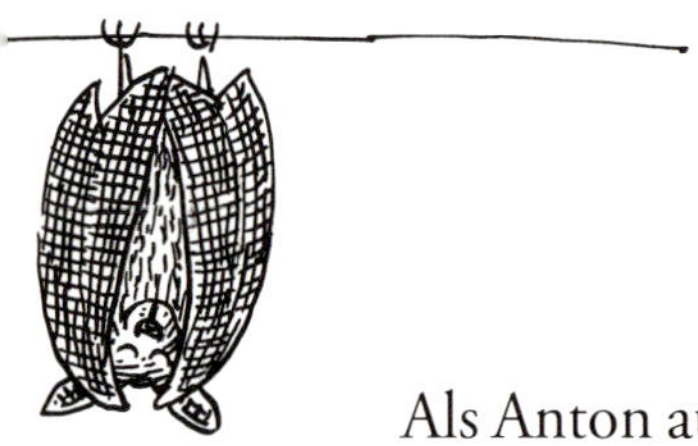

Böses Erwachen

Als Anton aufwachte, roch es in der Wohnung bereits nach Mittagessen. Er schnupperte: Nudelauflauf, im Ofen gebacken! Hatte er denn so lange geschlafen? Aber dann fiel ihm ein, dass er ja erst spät ins Bett gekommen war, und die Ereignisse der vergangenen Nacht zogen noch einmal wie in einem Film an ihm vorüber: Der Flug durch die Nacht, der Besuch in der Gruft, das Klopfen, das Versteck im Sarg und schließlich der Rückflug, auf dem er wieder den schaurigen Umhang getragen hatte.

Wo war der überhaupt? Gestern hatte er ihn zusammen mit seinen anderen Sachen über den Stuhl gelegt, doch da war er nicht mehr! Hatten ihn seine Eltern gefunden?

Plötzlich war Anton hellwach: In der Küche lief die Waschmaschine! Er sprang aus dem Bett, zog sich an und sauste in die Küche. Sein Vater saß am Tisch und schälte Äpfel.

«Morgen, Anton», sagte er freundlich.

«Morgen», brummte Anton.

«Immer noch müde?», grinste der Vater.

«Nö», sagte Anton und schielte hinüber zur Waschmaschine. Die Trommel drehte sich, aber außer Schaum konnte er nicht viel erkennen.

«Suchst du was?», fragte der Vater.

«Nein, nein», sagte Anton leichthin. Er ging zum Kühlschrank und goss sich Milch ein. «Was wascht ihr denn da?», fragte er. Dabei guckte er angestrengt in sein Glas, um sich nicht zu verraten.

«Warum fragst du?»
«Weil – ich hätte auch noch schmutzige Wäsche.» Wenn der Vater die Maschine anhielt, könnte er feststellen, ob der Umhang drin war, und ihn notfalls unauffällig herausholen!
«Was möchtest du denn gewaschen haben?»
«Socken», erklärte Anton, «weiße Socken.»
«Soso, weiße Socken», sagte der Vater, und es war deutlich zu hören, dass er beinahe laut gelacht hätte. «Die kann ich leider nicht mitwaschen. Es sind nämlich nur dunkle Sachen drin!»
«Nur dunkle Sachen?», rief Anton. «Etwa auch welche von mir?»
«Jaa», sagte der Vater gedehnt.
«Und – welche?»
«Da musst du Mutti fragen.»
«Und wo ist sie?»
«Im Wohnzimmer. Sie stopft.»
«Sie stopft?» Anton erschrak. Eine neue, fast noch schrecklichere Vorstellung tauchte vor ihm auf, denn ihm war eingefallen, wie viele Löcher der Umhang hatte!
«Stopft sie – Strümpfe?», fragte er vorsichtig.
«Strümpfe wohl nicht», lachte der Vater, «sie hat ein großes schwarzes Tuch gefunden, mit vielen Löchern …»
«Was?», rief Anton. «Schwarz, mit vielen Löchern?» Er stürzte ins Wohnzimmer. Jetzt war es ihm ganz egal, ob er sich verriet oder nicht.
Die Mutter saß am Fenster und war damit beschäftigt, einen langen, schwarzen Wollfaden durch ein dünnes Nadelöhr zu ziehen. Auf ihrem Schoß lag Rüdigers Umhang!
«Puh», seufzte sie, als sie Anton erblickte, «wie der stinkt!»
«Der – der gehört meinem F-Freund», stotterte Anton.

«Ich weiß», sagte die Mutter lächelnd, «der arme Kerl – so ein kaputter Umhang. Ich kann schon den Finger durch die Löcher stecken!»

«Vielleicht will er gar nicht, dass sie gestopft werden», sagte Anton.

«Und woher willst du das wissen?»

«Er – er hat es mir gesagt.»

Die Mutter hatte mittlerweile das zweite Loch gestopft und fädelte sich einen neuen Faden ein. «Das glaube ich nicht», sagte sie ruhig. «Kein Mensch würde freiwillig in so einem zerlöcherten Umhang herumlaufen. Vielleicht hat er niemanden, der stopfen kann? Nein, nein», fügte sie hinzu und stach entschlossen wieder in den Stoff, «er wird mir bestimmt dankbar sein. Wie heißt er eigentlich?»

«Rüdiger», brummte Anton. Er war schon an der Tür. Am liebsten hätte er geheult, so wütend war er. Und der Vater spielte noch den Ahnungslosen! Dabei hatten sie alles vorher abgesprochen, er und die Mutter. Aber mit ihm konnten sie es ja machen!

«Willst du nichts essen?», rief der Vater aus der Küche.

«Nö», sagte Anton.

«In zehn Minuten ist der Nudelauflauf fertig!»

«Ja», knurrte Anton. Er ging in sein Zimmer und legte sich auf sein Bett. So eine Gemeinheit! Ihm den Umhang wegzunehmen und zu stopfen, ohne auch nur ein einziges Mal gefragt zu haben! Und nicht nur das – sogar noch weiterzustopfen, nachdem er protestiert hatte! Anton ärgerte sich jetzt, dass er den Umhang so offen herumliegen lassen hatte, obwohl er doch wusste, dass seine Eltern morgens immer nachguckten, ob er noch schlief.

Aber vielleicht war es gar nicht so schlimm, dass die Mutter die Löcher stopfte? Eigentlich müsste der Vampir in einem Umhang ohne Löcher sogar besser fliegen können. Am Ende hatte die Mutter Recht, und er war tatsächlich dankbar für das Stopfen! Anton hörte die Schritte seiner Mutter im Flur. Schnell stand er auf und begann, sein Bett zu machen. Als er das Kissen aufschüttelte, klopfte es.

«Anton?»

«Ja. Kannst reinkommen.»

«Hier», sagte die Mutter, «dein Umhang. Alles gestopft!»

«Danke», murmelte Anton. Er nahm ihr den Umhang ab und legte ihn auf den Stuhl.

«Ich hätte ihn ja gern gewaschen», meinte sie, «aber dann wäre er noch lange nicht trocken. Und Rüdiger braucht ihn doch, oder?»

«Doch, doch», sagte Anton schnell.

«Willst du ihm den Umhang nicht gleich bringen?», fragte sie.

«Jetzt – äh», Anton sah sich Hilfe suchend um, «jetzt schläft er noch.»

«Was?», lachte die Mutter. «Weißt du, wie spät es ist?»

«Essen ist fertig!», rief in diesem Augenblick der Vater.

«Ein merkwürdiger Freund muss das sein, der bis Mittag schläft», sagte die Mutter und musterte Anton prüfend. «Das musst du mir mal genauer erklären beim Essen.»

«Ich – äh hab gar keinen Hunger», sagte Anton, obwohl sein Magen inzwischen furchtbar knurrte.

«Unsinn!», sagte die Mutter, und der Vater rief: «Er hat noch nicht einmal gefrühstückt!»

«Na gut», brummte Anton. Eigentlich war Nudelauflauf sein Lieblingsessen, aber heute schmeckte es ihm überhaupt nicht.

Angestrengt dachte er nach, wie er die Sache mit dem langen Schlafen erklären könnte, während er sich Bissen für Bissen lustlos in den Mund stopfte.
«Lecker, was?», schwärmte der Vater, der sich schon zum zweiten Mal nachgefüllt hatte.
«Sehr lecker!», stimmte die Mutter zu. «Nur Anton scheint es nicht zu schmecken!» Anton merkte, wie er rot wurde.
«Sag mal, wie heißt Rüdiger eigentlich mit Nachnamen?», fragte die Mutter plötzlich.
Anton erschrak. «Wieso?»
«Wieso, wieso», lachte die Mutter, «weil es mich interessiert!
«Schlotterstein», sagte Anton.
«Wie?» Die Mutter machte ein belustigtes Gesicht. «Schlotterstein? Rüdiger Schlotterstein?»
«Von Schlotterstein», verbesserte Anton, «Rüdiger von Schlotterstein.»
«Das ist ja noch schlimmer», lachte der Vater.
«Anton Bohnsack ist auch nicht besser», sagte Anton wütend.
«Na, na», schmunzelte der Vater, «heißen wir etwa nicht auch Bohnsack?»
«Ja, ihr!», rief Anton. «Ihr seid erwachsen, über euch lacht keiner!»
«Sei froh, dass du nicht Schlottersack heißt», meinte die Mutter.
Aber Anton machte keineswegs ein erfreutes Gesicht. Missmutig stocherte er auf seinem Teller herum. Über ihn lachen, ja, das konnten sie!
«Anton», sagte die Mutter, «sei doch nicht immer gleich beleidigt.»
«Darf ich jetzt nach unten?», fragte Anton.

«Moment», sagte die Mutter, «was ist mit dem Umhang? Nimmst du den mit?»
«Äh – ja», murmelte Anton.
«Ich könnte dich hinfahren», schlug der Vater vor.
«Wo-wohin denn?», stotterte Anton.
«Na, zu deinem Freund», sagte der Vater. «Ich fahr sowieso am Friedhof vorbei.»
«Am F-Friedhof?» Anton war ganz blass geworden.
«Er wohnt doch am Friedhof – oder etwa nicht?», fragte die Mutter.
«D-doch», murmelte Anton.
«Und dann kannst du mich gleich vorstellen», sagte der Vater.
«Und Rüdiger einladen», ergänzte die Mutter.
«Aber –», sagte Anton hilflos, «er schläft doch noch, und außerdem geh ich viel lieber zu Fuß ...»
«Soso», sagte der Vater, «mein Herr Sohn als Fußgänger. Das ist ja etwas ganz Neues!»
«Lass ihn doch», meinte die Mutter, und zu Anton gewandt erklärte sie: «Aber dann möchte ich zumindest, dass du ihn einlädst! Wir wollen ihn endlich kennen lernen!» Sie überlegte einen Augenblick. «Mittwoch passt mir gut. Da kann ich uns sogar einen Kuchen backen!»
«Ich – ich geh jetzt», murmelte Anton.
«Vergiss den Umhang nicht!», rief die Mutter. «Und denk dran: Mittwoch, um vier!»

Grabsteine in Herzform

Sonntagmittag von zwölf bis drei – das waren die langweiligsten und überflüssigsten Stunden der ganzen Woche, fand Anton. Ab zwölf roch es überall nach Sonntagsbraten, dann wurde gegessen und anschließend geschlafen. Kinder hatten da nichts zu melden. Wehe, wenn sie auf der Straße Fußball spielten oder mit dem Fahrrad herumkurvten!

So kam es, dass der Fahrstuhl, mit dem Anton jetzt nach unten fuhr, ganz leer war. Auch die Straße lag wie ausgestorben da. Nicht einmal ein Auto fuhr vorbei. Anton ging auf der Bordsteinkante und schwenkte die Tüte, in die er den Umhang gesteckt hatte. Er wusste, dass seine Eltern auf dem Balkon standen, um zu winken, aber er sah stur geradeaus. Sollten sie doch warten, bis sie schwarz wurden! Vielleicht kam er gar nicht mehr lebend wieder? Bei dem Gedanken an das, was ihm auf dem Friedhof bevorstand, wurde ihm doch etwas mulmig zu Mute. Wie sollte er den Umhang überhaupt bei Tageslicht in die Gruft befördern? Und wie sollte er Rüdiger einladen! Mit einem Brief? Vorsichtshalber hatte er einen Notizblock und einen Bleistift eingesteckt. Aber vor der Gruft gab es bestimmt keinen Briefkasten! Und wenn er in die Gruft hinunterstieg und den Brief zu Rüdiger in den Sarg legte, wurden dadurch vielleicht die anderen Vampire wach, und was dann passierte …

Antons Schritte waren immer langsamer geworden, je näher er dem Friedhof kam. Jetzt blieb er stehen. Er kniff die Augen zusammen und überlegte.

«He, Anton!», hörte er da eine Stimme.

«Du?», sagte er und blinzelte. Vor ihm stand Udo aus der fünften Klasse, der den Spitznamen «Klatschtante» hatte.
«Was treibst du denn hier?», fragte er und stellte sich breitbeinig und mit verschränkten Armen vor Anton auf.
«Ich –», murmelte Anton, «ich geh hier so.» Das war natürlich eine reichlich blöde Antwort, mit der sich Udo nicht zufrieden geben würde. Aber so hatte er wenigstens Zeit, sich etwas Besseres auszudenken. Sollte er die Wahrheit sagen? Udo würde sie ihm ohnehin nicht glauben – doch vielleicht fühlte er sich auf den Arm genommen und verschwand freiwillig!
«Ich geh hier so!», äffte Udo ihn nach und verzog das Gesicht zu einem abfälligen Grinsen. «Was Dümmeres ist dir wohl nicht eingefallen, was?»
«Doch», sagte Anton, «ich will meinen Freund besuchen.»
«Kenn ich den?», fragte Udo lauernd.
«Ich glaub nicht», sagte Anton und grinste, «oder kennst du Vampire?»
Einen Augenblick lang war Udo zu überrascht, um zu antworten, aber dann sagte er verächtlich: «Vampire! Du spinnst ja! Ich glaub, ich bin im Kino!» Er schüttelte den Kopf und musterte Anton mitleidig wie einen Kranken. «Zieh bloß Leine», sagte er dann, und auf einmal klang seine Stimme wütend und gereizt, «und lass dich hier nicht wieder blicken!»
«Ja ja», sagte Anton, «nur keine Panik.» Die Tüte schwenkend und «Hänschen klein» pfeifend, ging er langsam weiter. Udo sollte bloß nicht denken, dass er Angst vor ihm hatte – auch wenn er zwei Klassen über ihm war! Ohne sich umzudrehen, ging er bis zur Friedhofsmauer. Sie war tatsächlich weiß gestrichen und so hoch, dass Anton nur die Spitzen der dahinter wachsenden Tannen sah. Kurz bevor er die Eingangspforte er-

reicht hatte, blieb er stehen und sah sich verstohlen um. Aber Udo war verschwunden. Anton wartete noch ein paar Minuten, doch als sich auch dann nichts zeigte, öffnete er die Pforte und trat ein.

Friedhofsstille umfing ihn, und es roch nach Erde und Blumen. Gar nicht so übel, fand Anton, jedenfalls nicht die Spur unheimlich! Beruhigt setzte er seinen Weg fort. Wären nicht die vielen Kreuze und Grabsteine mit ihren seltsamen Inschriften wie «Ruhe sanft» gewesen, so hätte er denken können, er ginge durch einen Park. Komisch war nur, dass ihm niemand begegnete! Aber vielleicht war Sonntagmittag nicht die richtige Zeit für einen Friedhofsbesuch? Na ja, ihm sollte es recht sein. Umso ungestörter konnte er sich bewegen.

Er ging den Hauptweg hinunter. Früher hatte er manchmal seine Mutter begleitet, wenn sie die Familiengräber herrichtete. So konnte er sich noch gut erinnern, dass der wildere Teil des Friedhofs hinter der Kapelle begann, die am Ende des Weges lag. Diese Kapelle hatte ihm schon immer einen heimlichen Schauder eingeflößt: Sie war wie ein normales Haus gebaut, aber sie hatte keine Fenster, nur eine riesige Eisentür. Und obwohl die Kapelle alt und verwittert aussah, befand sich an der Tür ein offensichtlich ganz neues und häufig benutztes Vorhängeschloss, und das war eigentlich das Unheimlichste, denn nie hatte Anton jemanden hineingehen oder herauskommen sehen!

Auch jetzt ging er mit einem unbehaglichen Gefühl an der Kapelle vorbei. Nichts hatte sich verändert, sogar das Schloss blinkte genauso in der Sonne wie früher. Ob die Kapelle leer war? Und wenn nicht … was mochte in ihr aufbewahrt werden? Bestimmt nichts Gutes, dachte Anton, und ihm fiel die Geschichte von der Nacht im Leichenhaus ein, die er einmal gelesen hatte: Um eine Wette zu gewinnen, hatte sich ein Mann in einem Leichenhaus über Nacht einschließen lassen. Zuerst hatte er gedacht, er sei allein, aber dann, als das Mondlicht durch das Fenster fiel, bewegte sich plötzlich der Sargdeckel neben ihm, und heraus kam … Obwohl die Sonne schien, lief es Anton kalt über den Rücken, als er an das Wesen dachte, das dort aus dem Sarg gestiegen war!

Plötzlich hatte er es eilig, den Umhang abzuliefern und den Friedhof hinter sich zu lassen. Wer wusste denn, was sich hier so alles herumtrieb? In Antons Büchern gab es ja nicht nur Vampire – die waren fast noch am harmlosesten … sondern auch Scheintote zum Beispiel. Er hatte mal von einer Frau gelesen, die tagelang immer wieder verzweifelt gegen den Sargdeckel geklopft hatte, bis sie vor Entkräftung gestorben war. Anton beschleunigte seine Schritte. Falls jemand klopfen sollte – er, Anton, würde bestimmt nicht hingehen! Am besten, er lief so schnell, dass er das Klopfen gar nicht erst hörte! Auch Tante Dorothee fiel ihm wieder ein, gestern Nacht in der Gruft!

Anton hatte jetzt den Teil des Friedhofs verlassen, auf dem die Wege geharkt und die Hecken säuberlich beschnitten waren. Hier hinter der Kapelle wuchs das Gras fast kniehoch, und er musste sich seinen Weg durch Unkraut und Gestrüpp bahnen. Aber in der Ferne sah er die Friedhofsmauer. Dort irgendwo musste die Tanne sein – und damit der Einstieg zur Gruft! Während er weiterging, schien es ihm plötzlich, als hörte er Schritte auf dem Kiesweg hinter sich. Ein eisiger Schreck durchfuhr ihn. Wer oder was mochte ihm folgen? Jemand, der aus der Kapelle kam?

Doch im nächsten Augenblick war alles wieder ruhig, und jetzt

wagte er, sich umzudrehen – der Friedhof lag ebenso leer und still da wie vorher. Ob er sich nur eingebildet hatte, Schritte zu hören? Schließlich war es verdammt einsam hier, und da konnte man sich die komischsten Sachen einreden!
Fast wäre er über einen Grabstein gestolpert, der im Gras lag. Es war ein merkwürdiger Stein: Er hatte die Form eines Herzens! Und in verschnörkelter, kaum noch lesbarer Schrift stand dort: *Ludwig von Schlotterstein, 1803–1850.* Anton erschrak, denn wenn die Daten stimmten, war Rüdigers Vater schon über hundert Jahre tot! Ein paar Schritte weiter entdeckte er einen zweiten, ebenfalls wie ein Herz geformten Stein, auf dem *Hildegard von Schlotterstein, 1804–1849* stand. Daneben fand er die Grabsteine der Großeltern. *Sabine von Schlotterstein, 1781–1847* und *Wilhelm von Schlotterstein, 1780–1848.* Ein Stück weiter lag der Grabstein der Tante: *Dorothee von Schlotterstein-Seifenschwein, 1807–1851* und neben ihr der Grabstein des Onkels: *Theodor von Seifenschwein, 1790–1852.* Und alle Grabsteine hatten dieselbe Herzform! Eigentlich viel zu auffällig, fand Anton, denn da musste doch jeder stutzig werden. Und was konnte ein Herz schon bedeuten! Erstens Liebe – Anton kicherte – und zweitens Blut!!! Wer wüsste nicht, dass das Herz das Blut durch den Körper pumpt!
Als Anton die Jahreszahlen verglich, fiel ihm auf, dass die Vampire in einer ganz bestimmten Reihenfolge, und zwar immer im Abstand von einem Jahr, gestorben waren: zuerst Sabine, dann Wilhelm, Hildegard, Ludwig, Dorothee und Theodor. Hieß das, dass immer einer den anderen …? Und die Kinder? Wer hatte die …? Und wo waren überhaupt ihre Grabsteine?
Aber sosehr Anton auch suchte, er fand nur noch einfache graue Steine, die bestimmt über keinem Vampirgrab gelegen hatten.

Vielleicht hatten der kleine Vampir und seine Geschwister gar keine Grabsteine bekommen? Vermutlich waren sie als Letzte von Schlottersteins gestorben und hatten niemanden mehr gehabt, der ihnen eine anständige Vampirbeerdigung zukommen ließ? Während er noch überlegte, hörte er plötzlich ein Knacken im Gebüsch neben sich, und als er sich umdrehte, sah er in Udos grinsendes Gesicht.

«Du?», war das Einzige, was ihm einfiel.

«Da staunst du wohl!» Mit einem selbstgefälligen Lächeln kam Udo aus dem Gebüsch hervor. «Aber was starrst du so? Bin ich ein Gespenst?»

«Äh – ich», murmelte Anton, «ich dachte, es wär ...»

«Ein Geist, was?», rief Udo und lachte dröhnend.

«Nein, ich dachte, es wär mein Freund», erklärte Anton. «Wir wollten uns jedenfalls hier treffen, aber bis jetzt ist er noch nicht gekommen.» Ob Udo ihm das glauben würde? Eine bessere Ausrede war ihm in der Eile nicht eingefallen!

«Soso», sagte Udo und machte ein ungläubiges Gesicht, «das soll ich dir abnehmen!» Und plötzlich schrie er: «Du denkst wohl, ich bin blöd, was?» Er fasste Anton am Kinn und drückte es langsam nach oben.

«Au», protestierte Anton, aber Udo drückte nur noch kräftiger.

«Siehst du», lachte er böse, «das ist die Strafe. So, und nun pack aus: Was willst du hier?»

«Erst musst du mich loslassen», verlangte Anton.

«Na gut», sagte Udo und trat einen Schritt zurück. Lauernd sah er Anton an: «Und?»

«Ich – ich hab nicht gelogen», sagte Anton, «ich bin wirklich hier verabredet mit meinem Freund.»

«Und wie heißt dein Freund?»

«Rüdiger. Rüdiger von Schlotterstein.»
Wieder erschien derselbe lauernde Ausdruck auf Udos Gesicht.
«Und was wolltet ihr auf dem Friedhof?»
Anton überlegte fieberhaft. Von der Gruft durfte er auf keinen Fall erzählen. Udo würde alles verraten, und dann waren die Vampire für immer verloren!
«Wir – wir wollten Vampirgräber suchen», sagte er schließlich.
«Vampirgräber!», sagte Udo und gähnte. «So'n Käse!»
«Nein, nein», sagte Anton eifrig, «in Rüdigers Familie soll es früher Vampire gegeben haben!»
«Haha», sagte Udo laut und kein bisschen lustig.
«Man soll ihre Gräber an einer bestimmten Sache erkennen können!», erklärte Anton.
Das schien Udo zu interessieren. «An einer bestimmten Sache?», fragte er.
«Ja! An den Grabsteinen!»
«Wieso an den Grabsteinen?»
«Weil –», und hier senkte Anton die Stimme und sah sich geheimnisvoll nach allen Seiten um, «sie sind in Herzform.»
«In Herzform?»
«Verstehst du nicht?», sagte Anton. «Herz – das bedeutet Blut!»
Udo verzog ärgerlich die Mundwinkel. «Mensch, so 'n Quatsch», knurrte er, «auf dem ganzen Friedhof wirst du keinen Grabstein in Herzform finden!»
Anton musste sich zusammenreißen, um nicht laut loszulachen.
«Wer weiß, wer weiß», kicherte er, «und außerdem: Suchen kostet nichts.»
«Und warum suchst du nicht?», fragte Udo unfreundlich.
«Weil – ich wollte noch auf meinen Freund warten.»
Eins war Anton auf jeden Fall gelungen: Er hatte Udos Interesse

auf die Grabsteine gelenkt. Denn dass ihn die Sache mit den Grabsteinen beschäftigte, konnte er daran erkennen, wie Udo sich umsah und unruhig von einem Fuß auf den anderen trat.
«Wollen wir wetten?», fragte Udo auf einmal. «Drei Mark für dich, wenn wir die Grabsteine finden, und wenn nicht, vier Mark für mich.»
«Wieso kriegst du vier Mark und ich nur drei?», rief Anton empört.
Udo zeigte sein überlegenes Fünfte-Klasse-Lächeln. «Wieso?», grinste er. «Weil für dich drei Mark genauso viel sind wie für mich vier!»
«Das ist ungerecht», sagte Anton, «schließlich muss ich die vier Mark bezahlen, wenn ich verliere.»
«Verlierst du denn?», fragte Udo.
«Na ja», sagte Anton und konnte ein siegesgewisses Lächeln nicht verbergen, «wer weiß ...»
«Also los, suchen wir!», bestimmte Udo. «Ich hier und du da drüben.»
Anton war erst ein paar Schritte in Richtung auf die Kapelle gegangen, als er Udo aufschreien hörte.
«Anton, komm schnell!», rief er. «Ich hab sie!»
Anton setzte ein überraschtes Gesicht auf. «Tatsächlich?», sagte er.
Udo war ganz aufgeregt. «Mensch!», rief er immer wieder. «Grabsteine in Herzform! Guck mal, hier steht was: Ludwig von Schlotterstein, 1803–1850, und Hildegard von Schlotterstein, 1804–1849.» Blinzelnd sah er Anton an: «Sag mal, heißt dein Freund nicht auch Schlotterstein?«
Anton versuchte, möglichst gelassen auszusehen. Er zuckte mit den Schultern und sagte: «Doch.»

Udo hatte jetzt auch die übrigen Grabsteine gefunden. «Hier», rief er, und seine Stimme überschlug sich, «Sabine, Wilhelm … und da, hör dir das an: Dorothee von Schlotterstein-Seifenschwein! Hast du schon mal so einen blöden Namen gehört?»

Er lachte, und Anton lachte mit.

«Aber die sind ja schon ewig tot», sagte er dann, «oder meinst du, sie fliegen noch?»

«Ich denke, du glaubst nicht an Vampire?», grinste Anton.

«Na ja, an sich nicht», brummte Udo, «aber das mit den Grabsteinen …» Er machte eine Pause. «Sag mal, hast du nicht gesagt, dein Freund sei auch Vampir?»

«Hab ich das?», antwortete Anton. «Klar! Draußen vor dem Friedhof!»

«Dann wird's wohl stimmen», sagte Anton.

Udo trat einen Schritt näher und sah Anton aufmerksam an. «Und?», fragte er. «Stimmt's?»

Anton kicherte. «Ich kann dir ja viel erzählen, wenn du nicht an Vampire glaubst.»

«Vielleicht tu ich's ja», meinte Udo, «und wenn nicht, könntest du mir deinen Freund vorführen, um mich zu überzeugen.»

«Jetzt?», grinste Anton.

«Wieso nicht?», sagte Udo.

Antons Gleichmut und seine deutlich zur Schau getragene Überheblichkeit ärgerten ihn.

«Weil», sagte Anton ruhig, «Vampire erst nach Sonnenuntergang aufstehen. Und jetzt ist Mittag.»

«Und warum hast du gesagt, du wärst mit ihm verabredet?»

«Ich sollte mir doch was Dummes einfallen lassen», sagte Anton.

Udo war so überrascht, dass er Anton einen Augenblick lang sprachlos anstarrte. Aber dann färbte sich sein Gesicht rot, und mit vor Wut heiserer Stimme kreischte er: «Du – du Blödmann! Hau bloß ab mit deinen Vampiren! Das sind ja Märchen!»

«Aber du hast sie geglaubt», lachte Anton.

«Ich?», tat Udo empört. «Ich doch nicht.»

Anton grinste nur.

«Und überhaupt», rief Udo, «ich geh jetzt nach Haus!» Er drehte sich um und verschwand.

In diesem Moment kam Anton eine Idee: Wenn nun am Mittwoch nicht Rüdiger, sondern Udo … Aber nicht als Udo, sondern als Rüdiger … Klar, das war die Rettung! Die Eltern konnten ja gar nichts merken, schließlich hatten sie Rüdiger noch nie gesehen!

«U-do!!», rief Anton, so laut er konnte, und stürzte hinter ihm her. «Warte!»

Anna die Zahnlose

Anton schlief schon, als es am selben Abend leise an sein Fenster pochte. Diesmal hatte er die Vorhänge zugezogen, und so erkannte er, als er verschlafen blinzelte, nur die Umrisse zweier dunkler Gestalten, die vor dem Fenster hockten. Sofort war er hellwach. Natürlich waren es Vampire, denn wer sonst hätte mitten in der Nacht bei ihm im sechsten Stock ans Fenster klopfen können! Aber wieso waren es zwei? Rüdiger war stets allein gekommen! Vielleicht war es eine Falle? Vielleicht hatten die Verwandten herausbekommen, wo er – Anton – wohnte? Aber würde Rüdiger ihn dann nicht gewarnt haben? Nein, überlegte Anton, es war viel wahrscheinlicher, dass draußen Rüdiger wartete – doch wen konnte er mitgebracht haben?

Jetzt pochte es wieder, aber diesmal schon viel ungeduldiger. Auf Zehenspitzen schlich Anton zum Fenster und spähte durch den Vorhang: Er erkannte den kleinen Vampir, der sich bis über das Kinn in seinen Umhang gewickelt hatte, und neben ihm einen zweiten, noch kleineren Vampir, der ebenfalls einen schwarzen Umhang trug.

«Anton», hörte er da Rüdigers heisere Stimme, «ich bin's!»

Mit klopfendem Herzen schob Anton den Vorhang zur Seite – neben dem Vampir saß ein Vampirmädchen! Er war so verwundert, dass er sekundenlang wie angewurzelt stehen blieb.

«Mach doch auf!», rief der Vampir und rutschte unruhig auf dem Fenstersims hin und her. Anton beeilte sich, das Fenster zu öffnen. Fast lautlos kamen die beiden ins Zimmer geklettert.

«Meine Schwester», sagte der Vampir und zeigte auf das Vampirmädchen, «Anna die Zahnlose.» Sie hatte ein kleines, schnee-

weißes Gesicht, rosa Augen und einen runden Mund. Freundlich lächelte sie Anton zu.

Jetzt wurde sie rot. «Du sollst nicht immer ‹Anna die Zahnlose› sagen», beschwerte sie sich, «schließlich wachsen sie noch, und außerdem hast du in meinem Alter auch keine gehabt!»

«Sie ist die Einzige in der Familie, die sich von Milch ernährt», kicherte der Vampir.

«Aber nicht mehr lange!», sagte Anna stolz.

«Sie wollte dich unbedingt kennen lernen», erklärte der Vampir.

Annas Gesicht war dunkelrot geworden. «Und?», sagte sie und sah ihren Bruder trotzig an. «Ist das verboten?» Zu Anton gewandt, fuhr sie lächelnd fort: «Ich wollte nämlich deine Bücher sehen. Er» – und damit zeigte sie auf ihren Bruder – «hat mir erzählt, dass du ganz viele hast!» Sie trat an das Regal und nahm ein Buch heraus. «Dies zum Beispiel: die zwölf schrecklichsten Vampirgeschichten! Leihst du sie mir?»

«Äh – ja», sagte Anton.

«Danke», lächelte sie und ließ das Buch unter ihrem Umhang verschwinden. Dabei warf sie Rüdiger einen siegesbewussten Blick zu.

Für einen Vampir sieht sie ja eigentlich recht gut aus, dachte Anton, wenn sie nicht so geisterhaft blass wäre und nicht so dunkle Ringe unter den Augen hätte … Aber wie kam er überhaupt auf solche Gedanken? Er und ein Vampirmädchen!

Rüdiger hatte es sich inzwischen auf Antons Schreibtisch bequem gemacht. Neugierig sah er sich um.

«Sag mal», begann er, «wo ist eigentlich mein zweiter Umhang?»

Die ganze Zeit hatte sich Anton vor dieser Frage gefürchtet.

«Also der», sagte er, während er aus den Augenwinkeln verfolgte, wie Anna ein Buch nach dem anderen durchblätterte, «der ist nicht da.»
«Nicht da?», wunderte sich der Vampir.
«Verliehen», sagte Anton.
«Verliehen?!» Plötzlich zeigten sich Ärger und Misstrauen im Gesicht des Vampirs. «Wieso denn das?»
«Na ja», murmelte Anton, «meine Eltern ...» Er stockte, denn zum ersten Mal dachte er daran, dass seine Eltern im Nebenzimmer schliefen. Flüsternd sprach er weiter: «Meine Eltern wollten, dass ich dich einlade!»
«Mich?», rief der Vampir entsetzt.
«Ja, dich!», sagte Anton. «Weil ich so viel von dir erzählt hab! Deshalb musste ich heute mit dem Umhang auf den Friedhof gehen.»
«Auf den Friedhof?», rief der Vampir. «Und warum haben wir uns nicht getroffen?»
Auch Anna horchte auf. «Ach», rief sie, «und ich hab dich nicht gesehen, Anton!»
«Es war doch Mittag!», sagte Anton.
«Schade», seufzte Anna.
«Ja, und als ich über den Friedhof ging», fuhr Anton fort, «kam plötzlich mein Schulfreund Udo» – Rüdiger brauchte ja nicht zu wissen, dass sie keineswegs Freunde waren! –, «und schon hatte ich die rettende Idee!»
«Welche rettende Idee?», fragte der Vampir.
«Ganz einfach», sagte Anton, «mein Freund Udo vertritt dich!»
«Vertritt mich?», staunte der Vampir. «Wie denn?»
«Er kommt natürlich nicht unter seinem richtigen Namen», sagte Anton.

«Nicht?», fragte der Vampir. «Unter welchem dann?»
Anna kicherte. «Als Rüdiger von Schlotterstein natürlich, du Esel.»
«Und das geht?», fragte der Vampir verwirrt.
«Klar», sagte Anton, «meine Eltern haben dich doch nie gesehen. Und im Übrigen habe ich Udo alles erzählt.»
«Was – alles?», fragte der Vampir mit schneidender Stimme und sah Anton lauernd an.
«Natürlich nichts von der Gruft», sagte Anton schnell, «und von deinen Verwandten auch nicht! Er glaubt sowieso nicht an Vampire.»
«Ein Glück!», sagte der Vampir und atmete erleichtert auf.
«Aber Anton glaubt an Vampire!», trällerte Anna und klatschte fröhlich in die Hände.
«Psst!», zischte der Vampir. Anna schlug verschämt die Augen nieder. «Schimpf doch nicht immer», sagte sie, «was soll denn Anton von mir denken!»
«Anton denkt genau das Richtige», sagte der Vampir, «nämlich, dass du eine alberne, verliebte Gans bist!»
«W-a-a-s bin ich?», kreischte Anna. Wutschnaubend stellte sie sich vor Rüdiger hin. «Sag das noch mal!», rief sie und schüttelte ihre kleine, zur Faust geballte Hand.
«Ist ja gut», lenkte Rüdiger ein, «entschuldige.»
Über Annas Gesicht ging ein zufriedenes Lächeln, und während sie Anton einen innigen Blick zuwarf, zog sie sich auf das Bett zurück.
«Und wann krieg ich nun den Umhang wieder?», fragte der Vampir.
«D-den Um-Umhang?», stotterte Anton. Er starrte noch immer ängstlich auf die Tür, die sich jeden Moment öffnen

konnte. Die Eltern wachten doch sonst bei dem kleinsten Husten auf! Sogar ganz leise Radiomusik störte sie, sodass sich Anton schon gefragt hatte, wozu er überhaupt den Radiorekorder bekommen hatte! Und gerade den hatte Anna jetzt entdeckt! Sie drehte an den Knöpfen, und ehe Anton eingreifen konnte, erklang laute Popmusik.

«Nicht!», ächzte Anton, aber es war bereits zu spät, denn eben wurde im Nebenzimmer die Tür geöffnet.

«Schnell», flüsterte er und schaltete das Radio ab, «versteckt euch!»

Rüdiger und Anna waren kaum unter Antons Bett gekrochen, als auch schon die Mutter in der Tür stand. Ihr Gesicht sah grau und zerknittert aus und ihre Haare standen in wirren Kringeln vom Kopf ab. «Anton», sagte sie müde, «wie oft haben wir dir schon gesagt ...»

«Ja ja», antwortete Anton schnell, «tut mir Leid!»

Die Mutter sah ihn noch einmal vorwurfsvoll an und schüttelte den Kopf, dann drehte sie sich um und wollte gehen. Aber an der Tür blieb sie stehen.

«Anton», sagte sie und schnupperte, «was riecht hier so?»

«N-nichts», murmelte Anton.

«Doch, doch», sagte die Mutter, «es riecht wieder so – muffig!»

«Wieso muffig», sagte Anton und stellte sich vor das Bett.

«Irgendetwas riecht hier!», wiederholte die Mutter. Langsam ging sie durchs Zimmer, jeden Winkel mit argwöhnischen Blicken prüfend. Nur unter das Bett sah sie nicht und so blieb sie unschlüssig in der Mitte des Zimmers stehen. «Anton», sagte sie, «wann hast du dich zuletzt gewaschen?»

«Ge-gewaschen?», murmelte Anton. «G-gestern.» Unter dem Bett kicherte es.

«Du brauchst gar nicht zu lachen», sagte die Mutter, obwohl Anton nicht einmal den Mund aufgemacht hatte, «du weißt, dass du dich jeden Tag waschen musst!» Und während sie empört durch die Nase schnaubte, fügte sie hinzu: «Du riechst ja selbst, was dabei herauskommt, wenn man sich nur jeden zweiten Tag wäscht!» Wieder war ein leises Kichern zu hören.
«Lach nur!», rief sie ärgerlich. «Morgen pass ich auf, wie du dich wäschst!» Hiermit ging sie zur Tür und schlug sie mit einem Knall hinter sich zu. Anton horchte, wie sie auch die Tür zum Nebenzimmer schloss, dann ließ er sich erschöpft auf das Bett sinken. «Um ein Haar!», murmelte er.
«Welches Haar?», fragte Anna neugierig und kam unter dem Bett hervorgeklettert.
«Das sagt man so», erklärte Rüdiger herablassend, «aber Anna ist eben noch ein Baby und weiß es nicht!»
«Bäh!», sagte Anna und streckte die Zunge heraus.
«Wir müssen jetzt gehen», verkündete der Vampir.
«Schon?», rief Anna enttäuscht.
«Ja», knurrte der Vampir und sprang aufs Fensterbrett, «es wird bald hell. Komm!»
Anna sah Anton bittend an. «Darf ich dich bald wieder besuchen?», fragte sie.
«Äh – ja», sagte Anton überrascht.
«Toll!», jubelte sie, und mit einem Satz war sie aus dem offenen Fenster gesprungen, vor dem sie nun wie ein großer Schmetterling auf und ab flatterte.
«Und mein Umhang?», fragte der Vampir wieder. «Wann krieg ich den?»
«M-Mittwoch», antwortete Anton.
«Gut», sagte der Vampir, und mit leiser Stimme fügte er hinzu:

«Er gehört mir nämlich nicht. Ich hab ihn aus dem Sarg von Onkel Theodor!»

«Von dem mit dem Ho-Ho-» Holzpflock, wollte Anton sagen, aber er konnte sich gerade noch rechtzeitig bremsen! Schließlich hatte er schon einmal erlebt, wie der Vampir auf die Erwähnung von Holzpflöcken reagierte!

Aber der Vampir hatte Antons letzte Worte ohnehin nicht mehr gehört, denn er flog schon draußen am Fenster vorbei.

Hauptsache, Udo vergisst am Mittwoch den Umhang nicht!, war Antons letzter Gedanke, bevor er einschlief.

Udos großer Auftritt

«Dein Rüdiger ist ja nicht der Pünktlichste», sagte die Mutter am Mittwoch, als Udo auch um halb fünf noch nicht da war.

«Ach», sagte Anton, «das macht doch nichts.»

«Das macht nichts?», rief die Mutter. «Mein Kaffee wird kalt!»

Sie hatten den Tisch wie für einen Staatsbesuch gedeckt, fand Anton: Das gute Geschirr, die silbernen Löffel, Kerzenständer – und nicht zu vergessen die Quarktorte, die die Mutter noch am Nachmittag gebacken hatte und die so verlockend duftete; dazu Sahnebaisers, die Anton so gern mochte, und schließlich die runden Schokoladenkekse mit der süßen Füllung, die sonst angeblich immer zu teuer waren.

«Wollen wir nicht mal anrufen?», schlug die Mutter vor, und ohne Antons Antwort abzuwarten, hatte sie das Telefonbuch geholt. Mit dem Finger fuhr sie die Spalten entlang und las: «Schlotter – Schlotterbacke – Schlotterbein – Schlottermann – Schlotterzahn – Schlotterstein ist nicht dabei», sagte sie und sah Anton an.

«Hätte ich dir gleich sagen können», erklärte Anton.

«Wusstest du denn, dass sie kein Telefon haben?», fragte sie.

«Das nicht», sagte Anton, «ich hab's mir nur – gedacht.»

«Und wieso?», fragte sie, plötzlich hellhörig geworden. In diesem Augenblick klingelte es. Erleichtert sprang Anton auf.

«Das ist er!», rief er und lief zur Tür. Hoffentlich ist er es wirklich, dachte er. Denn was würden wohl seine Eltern sagen, wenn Udo ihn im Stich ließe …

Es war Udo! Fast hätte Anton ihn nicht erkannt, so fremd sah

er aus in der dunklen Hose und dem schwarzen Hemd, über dem er, wie besprochen, den Umhang trug.
«Hallo», grinste er, «wie seh ich aus?»
Anton warf einen ängstlichen Blick hinter sich. «Psst!», flüsterte er. «Wir dürfen uns nicht verraten!»
Laut sagte er: «Hallo, Rüdiger! Komm rein.»
Jetzt erschien auch die Mutter im Flur. «Wie nett», sagte sie, «guten Tag, Rüdiger. Ich freue mich, dich kennen zu lernen.»
«Tag», sagte Udo und machte eine schiefe Verbeugung.
«Die Wohnung kennst du ja schon», meinte die Mutter und betrachtete Udo aufmerksam, «aber wir sind uns noch nie begegnet! Nur einmal hattest du dich im Schrank versteckt, aber als ich den Tee fertig hatte, warst du schon wieder gegangen.» Udo stand vor ihr und grinste freundlich.
«Übrigens», sagte die Mutter, «wie gefällt dir der Umhang?»
«Der Umhang?», sagte Udo. «Gut!»
«Und du hast gar nichts gemerkt?»
«Gemerkt?», fragte Udo und sah Anton ratlos an. «Was denn?»
«Na, die Löcher», lachte die Mutter, «ich hab sie doch gestopft!»
«Ach so», murmelte Udo, «vielen Dank auch.»
«Anton meinte, du wolltest nicht, dass sie gestopft werden.»
«So?», sagte Udo. «Und warum nicht?»
«Weil es doch ein echtes Vampirkostüm sein sollte!», kam ihm Anton zu Hilfe.
«Ach ja», sagte Udo und fasste sich an den Kopf, als falle es ihm erst jetzt wieder ein, «mein Vampirkostüm, natürlich! Wissen Sie», wandte er sich an die Mutter, «ungestopft sah es noch schauriger aus!»
Die Mutter lachte. «Kommt, wir gehen rüber.»

Immerhin, dachte Anton, die erste Hürde wäre geschafft! Udo spielte seine Rolle gar nicht schlecht. Dafür waren die drei Mark Wettschulden, die Anton ihm erlassen hatte, eigentlich ein niedriger Preis!

«Ich hoffe, es schmeckt dir, Rüdiger», sagte die Mutter am Kaffeetisch.
«Danke, gut», brummte Udo, der zuerst ein Stück Quarktorte gegessen hatte und sich nun ein Sahnebaiser in den Mund steckte.

«Ich wusste zuerst gar nicht, was ich dir anbieten sollte», lächelte die Mutter, «Anton hat nämlich so merkwürdige Sachen über deine Essgewohnheiten erzählt.»

«So? Was denn?», fragte Udo.

«Na ja», sagte die Mutter und goss sich Kaffee ein, «dass du nichts isst und trinkst außer einer Sache, die wir aber nicht im Hause hätten!»

«Wie bitte?», sagte Udo.

Die Mutter schmunzelte. «Aber wie ich sehe, hast du einen ausgezeichneten Appetit!»

Udo nickte und nahm sich noch ein Baiser. «Hab schon immer gut reingehauen», muffelte er mit vollem Mund. «Meine Mutter sagt immer: ‹Udo, du frisst mir noch das letzte Haar vom Kopf.›»

«Wie sagt sie?», erkundigte sich die Mutter erstaunt bei ihm. «Udo?»

«Na ja», sagte Udo, «mein zweiter Name, wissen Sie. Rüdiger-Udo von Schlotter-» Er stockte und sah Anton Hilfe suchend an.

Schlotterstein!, formte Anton lautlos mit den Lippen.

«Schlotterschrein», sagte Udo, der ihn nicht richtig verstanden hatte.

«Wie?», fragte die Mutter verwirrt. «Schlotterschrein?»

«Ich meinte, Schlotterschwein», verbesserte sich Udo.

«Ach», sagte die Mutter, «ihr wollt mich nur ärgern!»

«Nein, nein, bestimmt nicht», versicherte Udo, während er sich das dritte Baiser nahm.

«He!», rief Anton. «Lass mir auch noch welche übrig!»

«Aber Anton», tadelte die Mutter, «spricht man so mit seinem Gast?»

«Was heißt hier Gast?», rief Anton empört. «Und außerdem – kein Gast isst drei Sahnebaisers hintereinander!»
«Stimmt», sagte Udo und nahm sich seelenruhig das vierte und letzte Baiser, «aber vier!»
Anton war sprachlos. Da verschaffte er Udo eine Einladung zum Kuchenessen, und der haute rein, als hätte er eine Woche lang nichts gegessen! Und überhaupt, welchen Eindruck sollte die Mutter von seinen Freunden bekommen!
«Rüdiger», sagte Anton und auf einmal klang seine Stimme ganz belegt, «ich glaube, du musst jetzt gehen.»
Aber Udo dachte nicht daran. Er grinste unverschämt und füllte sich den Teller mit Schokoladenkeksen. «Wieso denn?»
«Weil ...», begann Anton. Da klingelte es.
«Das wird Vati sein», erklärte die Mutter und stand auf.
«Vati?», fragte Anton überrascht.
«Er wollte etwas früher kommen», sagte die Mutter.
Als sie im Flur war, fuhr Anton auf Udo los. «Wenn du glaubst, du kannst hier machen, was du willst ...», fauchte er.
«Ja, was dann?», fragte Udo in gespielter Freundlichkeit.
«Dann, dann ...», schnaubte Anton, aber bevor ihm die passenden Worte eingefallen waren, stand der Vater bereits im Zimmer.
«Hallo, Rüdiger!», sagte er.
Udo erhob sich halb und brummte: «Tag.»
«Endlich lernen wir uns auch mal kennen», meinte der Vater und setzte sich. Mich begrüßt er gar nicht, dachte Anton. Aber ich bin ja auch kein Besuch!
«Und du bist also der, der immer Fasching feiert!», wandte sich der Vater an Udo.
«W-was?», fragte Udo.

«Anton hat erzählt, dass du sozusagen ununterbrochen Fasching feierst.»

«Au!», rief Udo, denn eben hatte ihm Anton unter dem Tisch einen kräftigen Tritt versetzt. «Fasching», murmelte er, «natürlich, ja!»

«Und», fragte der Vater, «wo feierst du so, mitten im Sommer?»

«Wo?», sagte Udo und machte ein dümmliches Gesicht. Da ihm keine Antwort einfiel, nahm er noch ein paar Kekse.

«Irgendwo musst du doch feiern», lachte der Vater.

«Lass ihn doch», sagte Anton, «vielleicht möchte er es nicht verraten.»

«Genau!», sagte Udo und nickte.

Der Vater deutete auf den Umhang und meinte: «Dein Kostüm hast du ja schon an. Willst du etwa heute noch zum Fasching?»

«Heu-heute nicht», sagte Udo, «aber m-morgen. Und außerdem muss ich jetzt los.»

«Schon?», fragte die Mutter, die mit frischem Kaffee aus der Küche kam.

«Ja leider», sagte Udo, «muss noch was vorbereiten.»

«So?», lächelte der Vater. «Vampirzähne putzen? Oder hast du kein Gummigebiss?»

«G-Gummigebiss?», fragte Udo.

«Zum Vampirkostüm gehört doch ein Gummigebiss!», sagte der Vater. «Wenn du kein richtiges Gebiss hast, bist du auch kein Vampir.»

Udo war ganz blass geworden. Sogar die Kekse schienen ihm nicht mehr zu schmecken, denn er stand einfach auf, murmelte: «Ich muss los», und ging zur Tür.

«Wiedersehn, Rüdiger!», riefen die Eltern erstaunt.

«Wiedersehn», sagte Udo.

Anton begleitete ihn zur Tür. Als sie im Treppenhaus standen, fragte er: «Warum bist du denn so plötzlich gegangen?»

«Warum?», sagte Udo und lachte spöttisch. «Weil ich keine Lust habe, mich wie 'ne Zitrone ausquetschen zu lassen! Außerdem kenn ich deinen Vater.»

«Ich werd verrückt!», sagte Anton und schnappte nach Luft. «Und woher?»

«Aus dem Büro», antwortete Udo, «mein Vater sitzt mit deinem im selben Zimmer.»

«Und er hat dich nicht erkannt?»

«Glaub ich nicht», meinte Udo und grinste, «so, wie ich ausseh ...» Laut fügte er hinzu: «Also, tschüs, Anton.»

«Moment!», rief Anton aufgeregt und hielt Udo am Arm zurück. «Den Umhang!»

«Ach so, den Lappen», sagte Udo und zog ihn sich voller Abscheu über den Kopf. «Hier! Noch mal zieh ich den sowieso nicht an!»

Anton rollte ihn schnell zusammen und stopfte ihn unter seinen Pullover.

«Tschüs, Rüdiger», sagte er so laut, dass es auch die Eltern hören mussten, dann ging er zur Wohnungstür zurück und schloss sie. Ein Segen, dass Udo, dieser unverschämte Kerl, weg war! Jetzt musste er nur noch den Umhang in Sicherheit bringen!

Vorsichtig ging er den Flur entlang. Die Wohnzimmertür war nur angelehnt und er hörte die Eltern leise sprechen. Bestimmt saßen sie am Tisch und redeten über den vermeintlichen Rüdiger!

«Anton», fragte die Mutter, als er vorbeiging, «bist du da?»

«Sofort!», rief er und huschte in sein Zimmer.

«Was ist denn?», fragte die Mutter.

«Nichts», rief Anton fröhlich, während er den Umhang unter dem Bett versteckte, «bin schon wieder da.»

Wie er erwartet hatte, saßen die Eltern am Tisch und machten nachdenkliche Gesichter.

«Und?», fragte Anton forsch. «Wie fandet ihr ihn?»

«Na ja», sagte die Mutter, «sehr gesprächig war er nicht.»

«Ist er nie», erklärte Anton.

«Und die besten Tischmanieren hatte er auch nicht gerade», fügte sie hinzu.

«Allerdings», sagte Anton und seufzte bei dem Gedanken an die vier Sahnebaisers, die ihm entgangen waren.

«Ich kann mir gar nicht vorstellen, dass dieser Rüdiger dein Freund ist», meinte sie.

Ich auch nicht!, stimmte ihr Anton in Gedanken zu. Laut fragte er: «Und du, Vati, wie fandest du ihn?»

«Ich?», sagte der Vater. «Ich hab ja nicht viel von ihm gesehen. Aber er kam mir irgendwie bekannt vor. Wenn ich nur wüsste, wieso.»

«Ja, ja», meinte Anton, der sich ein Kichern nicht verkneifen konnte, «wenn du nur wüsstest!»

«Weißt du es denn?», fragte der Vater.

«Ich?», rief Anton und setzte seine harmloseste Miene auf. «Ich doch nicht!»

Ein Siegesgefühl erfüllte ihn und beinahe hätte er laut losgejubelt: Alles hatte genauso geklappt, wie er es geplant hatte! Und es war mehr als unwahrscheinlich, dass dem Vater wieder einfallen würde, wo er Udo schon mal gesehen hatte. Oder?

Dämmerstunde

«Habt ihr was dagegen, wenn ich in mein Zimmer gehe?», fragte Anton.
«Nein», sagte die Mutter, «wieso auch?»
«Ich muss nämlich noch was für die Schule tun», murmelte er. Das stimmte zwar nicht, aber es war immer eine gute Entschuldigung, die die Eltern bereitwillig annahmen. In seinem Zimmer legte er sich zuerst einmal auf das Bett. Dieser blöde Udo, dachte er, was der sich einbildet! Natürlich war Anton froh, dass er überhaupt mitgespielt hatte, und immerhin hatte er es so gut gemacht, dass die Eltern nichts gemerkt hatten. Aber die Art, wie er sich am Tisch benommen hatte! Na ja, jetzt wussten die Eltern wenigstens, wer Rüdiger war, und würden ihm in Zukunft nicht mehr damit auf die Nerven fallen, wann sie seinen Freund denn nun endlich kennen lernen könnten. – – – Nun kannten sie ihn ja!
Anton musste geschlafen haben, denn als er die Augen öffnete, dämmerte es schon. In der Wohnung war es ganz ruhig. Ob die Eltern nicht da waren? Anton ging zur Tür und horchte in den Flur hinaus. Auch jetzt hörte er nichts. Wenn die Eltern zu Hause waren, lief entweder der Fernseher, oder es spielte das Radio, manchmal redeten sie auch nur. Wahrscheinlich gehen sie spazieren, überlegte Anton.
Er hatte Durst. Vielleicht war noch etwas von dem Kakao übrig geblieben, den die Mutter für Udo gekocht hatte? Im Kühlschrank fand er ein Stück Quarktorte, aber zu trinken gab es nur Orangensaft. Er legte das Tortenstück auf einen Teller, goss

sich ein Glas Saft ein und ging in sein Zimmer zurück. Im Flur fiel ihm ein eigenartiger muffiger Geruch auf, den er vorher nicht bemerkt hatte. Kam das vom Umhang? Aber der hatte eigentlich viel verstaubter gerochen. Auch Rüdiger konnte es nicht sein, denn der roch immer etwas angesengelt! Also ein anderer Vampir? Anton hatte sein Fenster offen gelassen …
Zaghaft öffnete er die Tür und fragte: «Ist da jemand?»
Statt einer Antwort hörte er ein leises Kichern.
«Rüdiger?», rief er in das Dunkel hinein.
«Nein», lachte es.
Es klang wie eine weibliche Stimme.
«Anna?», rief Anton.
«Genau!», kam die Antwort und Antons Nachtlampe wurde eingeschaltet. In ihrem Licht sah er Anna auf seinem Bett sitzen und vergnügt lächeln. Sie hatte sich verändert: Ihre Haare, die ihr am Sonntag wild und strähnig auf die Schultern gehangen hatten, waren sorgfältig gekämmt und glänzten. Ihre Augen leuchteten, und vor Aufregung hatten sich ihre Wangen rosig gefärbt, sodass sie nicht mehr so totenblass war. Was konnte sie von ihm wollen? Doch nicht etwa …
Anna musste seine Gedanken erraten haben, denn sie begann herzhaft zu lachen. «Hast du vergessen, dass ich Anna die Zahnlose heiße?», kicherte sie.
Anton kam sich ziemlich blöd vor. Um überhaupt etwas zu sagen, hielt er ihr das Glas entgegen und fragte: «Magst du Orangensaft?»
Sie schüttelte den Kopf. «Aber wenn du Milch hast?»
«Moment», sagte Anton und wenig später kam er mit einem Glas Milch wieder.
«Danke», lächelte sie, und während sie mit kleinen Schlucken

trank, sah sie Anton auf eine Art an, die ihn ganz verlegen machte.
«Willst du – noch ein Buch leihen?», fragte er und hustete.
«Ein Buch?», sagte sie. «Nein.»
«Und weshalb –», er stockte, «weshalb bist du gekommen?»
«Ich wollte dich nur besuchen!», sagte sie mit einem strahlenden Lächeln. «Du hast doch nichts dagegen, oder?»
«Ich? Nein», murmelte er.
«Und wie findest du mich heute?», fragte sie.
«D-dich?», stotterte er. «G-gut!»
«Wirklich?», sagte sie erfreut und zupfte an ihren Haaren. «War ganz schön schwierig», meinte sie, «ich hatte sie nämlich ungefähr fünfundsiebzig Jahre nicht mehr gekämmt!»
Mit unzufriedener Miene zerrte sie an ihrem Umhang.
«Das hässliche Ding!», schimpfte sie. «Weißt du, früher war es mir ja ganz egal, wie ich aussah. Aber jetzt ... Bestimmt würde ich dir mit normalen Sachen noch besser gefallen, oder?»
«Na ja», sagte Anton, «du brauchst ihn doch zum Fliegen.»
«Und trotzdem ist es ungerecht!», empörte sie sich. «Menschenmädchen dürfen anziehen, was sie wollen, nur Vampirmädchen müssen immer solche Lumpen tragen!» Sie kniff die Lippen zusammen und schien nachzudenken. «Darf ich dich etwas fragen?», erkundigte sie sich dann.
«Klar», sagte Anton überrascht.
«Wie findest du Vampire?»
«Vampire?» Mit dieser Frage hatte er nun gar nicht gerechnet.
«Gut natürlich», antwortete er.
«Und – Vampirmädchen?», wollte sie wissen.
«Vampirmädchen?», sagte er. «Ich kenn ja nur dich.»
«Und wie findest du mich?», fragte sie kichernd.

«Nett», sagte er und merkte, wie er rot wurde.
Auf ihrem Gesicht zeigte sich Enttäuschung. «Nur nett?», rief sie. «Ich finde dich viel, viel mehr als nur nett!» Dabei verzog sie den Mund, als würde sie gleich weinen.
Was nun? Das ganze Gespräch war ihm unangenehm, und er hätte viel lieber über andere, nicht so verfängliche Dinge gesprochen!
«Wo – wo ist eigentlich Rüdiger?», fragte er deshalb.
«Rüdiger», schluchzte sie, «du denkst wohl nur an Rüdiger, was?»
«Nein», sagte er, «aber er wollte doch heute den Umhang holen.»
«Wollte!», sagte sie und schniefte.
«Und?», sagte er. «Kommt er nicht?»
«Nein», murmelte sie, «er kann nicht.»
«Er kann nicht?»
«Nein, er ist krank!»
«Krank?» Anton erschrak. «War es – der Friedhofswärter?», fragte er mit zitternder Stimme.
Sie schüttelte den Kopf. «Blutvergiftung», erklärte sie.
«Blutvergiftung?», murmelte Anton. War das nicht eine sehr gefährliche Krankheit?
«Und – was macht er jetzt?», fragte er.
«Jetzt liegt er mit Fieber im Sarg.»
Anton war so durcheinander, dass er gar nicht wusste, was er sagen sollte. Bestimmt lag der arme Rüdiger ganz allein im Sarg und niemand sorgte sich um ihn! Wenn er dagegen mal krank war, kam der Kinderarzt zu ihm ins Haus, und seine Eltern stellten ihm das leckerste Obst ans Bett.
«Kann ich ihn denn mal – besuchen?», fragte er zögernd.

«Besuchen?», kicherte Anna. «Und wenn meine Eltern dich sehen? Oder meine Großeltern? Oder meine Tante? Oder mein Bruder Lumpi?»
«Dann lieber nicht», sagte Anton schnell, dem sich bei der Erwähnung der verschiedenen Vampire die Haare sträubten. «Ist er denn sehr krank?»
«Du meinst, ob er stirbt?», fragte Anna.
Anton nickte. Es fehlte nicht mehr viel und er hätte geweint.
Aber Anna grinste nur. «Keine Sorge», sagte sie, «der ist doch schon tot!»
Daran hatte Anton nun überhaupt nicht gedacht. Trotzdem fand er Annas Erklärung wenig beruhigend.
«Aber es geht ihm doch nicht gut», sagte er, «wir müssen uns um ihn kümmern.»
«Was ist denn – kümmern?», fragte sie.
Anscheinend hatte sie das Wort noch nie gehört!
«Kümmern», sagte Anton, «das ist, wenn du dich mit jemandem beschäftigst, wenn du mit ihm Spiele machst, ihm etwas vorliest, ihm Geschichten erzählst, ihn tröstest ...» Jedenfalls war es immer so gewesen, wenn er krank war. Wie es nun bei Vampiren war, konnte er sich allerdings nicht vorstellen.
«Um uns kümmert sich niemand», sagte Anna. «Meine Verwandten sind entweder im Sarg und schlafen – oder sie sind unterwegs und ...», sie machte eine Pause, «na, du weißt schon!», fügte sie hinzu. «Jedenfalls, für uns hat keiner Zeit, und vorgelesen hat mir noch nie jemand und Spiele gespielt auch nicht und Geschichten erzählt erst recht nicht!» Sie schniefte durch die Nase und machte ein betrübtes Gesicht.
Die Arme!, dachte Anton. Wenn das stimmte, war es ja eine Strafe, Vampirkind zu sein!

Er fand immer, dass sich seine Eltern schon wenig Zeit für ihn nahmen, doch verglichen mit den Vampiren hatte er es ja fürstlich zu Hause!
«Aber wir könnten uns doch um Rüdiger kümmern», schlug er vor, «sobald deine Verwandten mal weg sind.»
«Und wenn einer früher zurückkommt?», fragte sie.
Anton machte eine abwinkende Handbewegung. «Das ist doch unwahrscheinlich», sagte er, «außerdem war ich schon mal in der Gruft.»
«W-was?», rief Anna entsetzt. «Du warst schon mal ...?»
«Na klar», sagte Anton, «mit Rüdiger.»
«Und keiner hat euch erwischt?»
«Nein, nur Tante Dorothee beinahe», sagte er.
«Aber die hat nichts gemerkt, weil ich schnell in Rüdigers Sarg geklettert bin.»
Anna stieß einen zischenden Laut aus. «Tante Dorothee», sagte sie, «weißt du, dass sie die Schlimmste von allen ist?»
«T-tatsächlich?», stotterte Anton.
«Allerdings!», sagte Anna. «Sie wollte sogar bei mir schon mal – – – obwohl ich doch selbst Vampir bin!»
«Iiieh!», entfuhr es Anton, und bei der Erinnerung an Tante Dorothees kreischende Stimme in der Gruft fasste er sich unwillkürlich an den Hals.
«Aber sie ist fast immer am längsten unterwegs», beruhigte ihn Anna, «sie ist nämlich am gierigsten. – Also», sagte sie dann, «wann gehen wir in die Gruft?»
«In die G-G-Gruft?», fragte Anton, den plötzlich sein ganzer Mut verlassen hatte. «M-meinst, wir sollten?»
«Na sicher!», sagte Anna. «Du hast doch selbst erklärt, dass wir uns um Rüdiger kümmern müssten.»

«Na ja», brummte Anton, «wenn du meinst.»
«Komm», drängte sie, «du hast doch den zweiten Umhang.» Aufgeregt rutschte sie schon auf der Fensterbank hin und her.
«Der wird Augen machen, der Rüdiger!», lachte sie.
«Hoffentlich geht das gut», sagte Anton leise, während er sich den Umhang überzog und zu ihr auf die Fensterbank stieg.
Dann flogen sie ab.

Vampirgeschichten

«Weißt du, welche Geschichte ich in deinem Buch am schönsten fand?», fragte Anna, als sie nebeneinander durch die Nacht segelten. «Die mit dem Schneevampir!»
«Mit welchem Schneevampir?», fragte Anton, der noch nicht alle Geschichten kannte.
«Hast du sie nicht gelesen?», sagte sie und mit schwärmerischem Blick begann sie zu erzählen: «Sie spielt in den Bergen, in einem alten, ganz einsam gelegenen Haus. Dort müssen nach Sonnenuntergang in allen Zimmern, die nach Westen sehen, die Vorhänge geschlossen bleiben, und wehe, wenn sie geöffnet werden!»
«Warum?», fragte Anton.
«Warte», sagte sie flüsternd. «Eines Tages sind Besucher in dem Haus und ein Schneesturm setzt ein. Eine Frau geht zum Fenster und schiebt den Vorhang zur Seite. Draußen sieht sie eine weiße Gestalt, die langsam am Haus vorübergeht.»
«Der Vampir!», sagte Anton.
Anna nickte. «Aber die Besucher glauben nicht, dass es ein Vampir ist, sondern sie denken, es sei eine Frau, die sich im Schneesturm verirrt hat! Der eine geht vor die Tür, um sie hereinzuholen …»
«Und?», fragte Anton mit leuchtenden Augen.
«Am nächsten Morgen finden sie ihn. Er lehnt an einem Baum. Um ihn herum sind winzige Vertiefungen, die aussehen, als hätte hier der Wind den Schnee fortgeweht.»
«Aber in Wirklichkeit war es der Schneevampir!», rief Anton.

«Genau!», sagte sie.
«Ich fand die Geschichte mit dem Nachtfalter am besten», sagte Anton. «Sie beginnt an einem regnerischen, stürmischen Abend. Der Mann, von dem sie erzählt, ist allein. Plötzlich klopft es. Er geht zur Tür. Draußen steht eine junge, sehr schöne Frau. Sie hat schwarzes Haar, spitze Ohren und sehr rote Lippen. Ihre Stimme ist merkwürdig tief und rau ...»
Anna kicherte.
«Er lädt sie ein hereinzukommen, weil er meint, sie müsste völlig durchnässt sein ...»
«Natürlich ist sie überhaupt nicht nass, oder?», fragte Anna.
«Nein. Sie ist ganz und gar trocken. Der Mann hat aber einen Hund ...»
«Brr!», sagte Anna und schüttelte sich.
«... und dieser Hund», fuhr Anton fort, «stößt bei ihrem Anblick ein derart schauerliches Angstgeheul aus, dass der Mann ihn in den Garten schicken muss.»
«Und dann?», fragte Anna.
«Als der Mann zurückkommt, fragt ihn die Frau nach dem Weg in die Stadt. Er will ihr leuchten und tritt mit der Lampe in der Hand vor die Tür ...»
«... aber der Weg ist leer», vollendete Anna.
Leise sprach Anton weiter: «Der Mann hat aber einen Freund. Dem erzählt er von seiner nächtlichen Besucherin. Der Freund warnt ihn und erklärt, die Frau sei ein Vampir. Doch der Mann glaubt ihm nicht. Er bittet ihn nur, den Hund für ein paar Tage zu sich zu nehmen, weil der sich plötzlich in seinem eigenen Haus zu fürchten scheint.»
«Ein Glück!», seufzte Anna. «Vampire mögen nämlich keine Hunde.»

«Am Abend kommt die Frau zum zweiten Mal. Sie geht auf ihn zu und legt ihm ihre eiskalten Hände auf die Schultern. Eine seltsame Trägheit überkommt ihn … als er plötzlich zwischen den Fingern die Bibel spürt!»
«Was?», schrie Anna. «Das erzählst du mir?» Ihre Nasenflügel bebten und sie sah Anton mit heftiger Empörung an.
«Wenn du jetzt noch sagst, dass der Mann den Vampir …»
«… aufgespießt hat, jawohl!», kicherte Anton, der so in seine Geschichte vertieft war, dass er gar nicht merkte, wie sie auf Anna wirkte. «Und willst du wissen, womit?»
«Nein», kreischte sie, «nein!»
«Mit einem Streichholz!», verkündete Anton. «Sie hatte sich nämlich auf einmal in einen Nachtfalter verwandelt und für den genügte ein einfaches, angespitztes Streichholz!»
Erst jetzt guckte er Anna an. Sie sah leichenfahl aus.
«W-was hast du denn?», stotterte er.
«Du – du gemeiner Kerl!», rief sie und Tränen liefen über ihr Gesicht. «Das hast du nur gesagt, um mir Angst zu machen!»
«N-nein, bestimmt nicht!», sagte er erschrocken. «Ich hab gar nicht daran gedacht, dass dich die Sache mit dem Streichholz …»
Aber sie schüttelte nur stumm den Kopf und beschleunigte ihren Flug, sodass Anton ihr nicht mehr folgen konnte.
«Warte doch!», rief er. «Ich hab's nicht so gemeint. Ich wollte dich nicht ängstigen, wirklich nicht. Entschuldige bitte!»
Doch sie flog weiter und rasch war sie Antons Blicken entschwunden.
Und nun? Sollte er allein zur Gruft weiterfliegen? Aber vielleicht wartete sie dort auf ihn, und wer konnte wissen, zu welchen Schreckenstaten ein empörter Vampir imstande war? Und

wenn er nach Hause zurückflog? Aber war das nicht Verrat an Rüdiger, der immerhin mit einer Blutvergiftung im Sarg lag?

Während Anton noch überlegte, sah er einen kleinen Schatten näher kommen. Zuerst erschrak er, aber dann erkannte er Annas Gesicht.

«Ich hab's mir überlegt», sagte sie leise und schluchzte, «ich bin dir nicht mehr böse. Und du?»

«Ich auch nicht», sagte Anton verlegen.

«Komm, dann fliegen wir», lachte sie und fasste ihn am Arm, «wir sind gleich da!»

Erste Hilfe

Schon sah Anton in der Ferne die Friedhofsmauer. Der Himmel war ganz klar und der Mond leuchtete hell, sodass der Friedhof Anton heute viel weniger düster und unheimlich erschien. Oder lag es daran, dass er nun schon zum dritten Mal hierher kam?
Anna flatterte über die Mauer hinweg und ließ sich langsam in das Gras hinuntergleiten. Anton folgte ihr.
«Da vorn ist der Einstieg», flüsterte sie, «aber wir müssen erst warten, ob alles ruhig bleibt.»
Anton nickte. «Ich weiß», sagte er, «der Friedhofswärter.»
«Psst!», zischte sie.
Anton sah die umgestürzten Grabsteine, die das hohe Gras schon fast überwuchert hatte, die alten rostigen Kreuze zwischen dem Gestrüpp und die dunklen Tannen, in deren Schatten der Einstieg zur Gruft lag.
Anna horchte angestrengt. Nach einer Weile stand sie auf.
«Alles in Ordnung», sagte sie, «wir können gehen.»
«Willst du nicht vielleicht – vorgehen?», fragte Anton. Er hatte plötzlich ein Gefühl im Magen, als hätte er tagelang nichts gegessen.
Anna sah ihn überrascht an. «Wieso denn?», fragte sie. «Außer Rüdiger ist bestimmt niemand unten.»
«Aber du könntest ja vorsichtshalber erst mal gucken», schlug Anton vor. Womöglich war Tante Dorothee wieder in eine ihrer Ohnmachten gefallen? Oder es war doch ein Vampir in der Gruft geblieben, um Rüdiger zu versorgen? Zum Beispiel die Mutter – Hildegard die Durstige! Anton schauderte.

«Na gut», sagte Anna, «ich guck mal. Aber du musst dich solange verstecken.» Sie verschwand im Schacht und Anton hockte sich in den Schatten einer Tanne.

In diesem Augenblick hörte er leise Schritte. Sie waren noch ziemlich weit entfernt, aber in der vollkommenen Stille, die rundum herrschte, konnte er sie deutlich wahrnehmen. Ein eisiger Schreck durchfuhr ihn. Ob das wieder Udo war? Aber wie hätte der ihm folgen sollen, während er mit Anna durch die Luft kam. Nein, es blieb nur eine Erklärung übrig: der Friedhofswärter!

Jetzt konnte Anton einen Mann erkennen. Er war ziemlich klein und bewegte sich, in alle Richtungen spähend, sehr vorsichtig. Als er näher kam, sah Anton sein graues, runzliges Gesicht, das ihn mit seiner spitzen Nase und den hellen, unruhigen Augen an den Kopf einer Ratte erinnerte. Und Anton sah noch mehr: Aus den Taschen des dunklen Arbeitskittels, den der Mann trug, guckten Holzleisten und ein großer Hammer hervor!

Anton wagte kaum zu atmen. Zwar verbargen ihn die dichten Zweige der Tanne, sodass er sich einigermaßen in Sicherheit fühlen konnte, aber Anna ... Jeden Moment musste sie wieder auftauchen, um ihn zu holen – und der Friedhofswärter war nur noch wenige Meter entfernt! Gerade prüfte er die Tannen mit besonders gründlichen Blicken!

Schon sah Anton, wie sich der Stein bewegte, da kam ihm eine Idee: Er nahm einen großen Kieselstein vom Boden und warf ihn, so weit er konnte.

Laut schlug der Stein auf, und wie vom Blitz getroffen fuhr der Friedhofswärter herum und stürzte dorthin, wo das Geräusch zu hören gewesen war. Dabei kreischte er: «Hab ich euch endlich!» Anton sah noch, wie er zwischen dem Gestrüpp zu wühlen begann, die Holzpflöcke und den Hammer wie eine Waffe in den Händen schwingend. Dann war Anton bei Anna angekommen, und aufatmend ließ er sich in den Schacht gleiten und schloss das Einstiegsloch über sich.

«Puh!», stöhnte er und lehnte sich gegen die kühle Wand. «Das war knapp!»

«Was?», fragte Anna.

«Der Friedhofswärter», sagte Anton, noch ganz außer Atem, «fast hätte er gemerkt, wie du den Stein weggeschoben hast!»

«Der Friedhofswärter?», rief sie. «Hast du ihn gesehen?» «Ich ihn schon», sagte er, «aber er mich nicht.»

«Und wo ist er jetzt?»

Anton grinste. «Sucht Steine.»
«Waaas tut er?»
«Ich hab einen Kiesel geworfen», erklärte Anton, «und dort, wo der gelandet ist, sucht er jetzt.»
Anna atmete erleichtert auf. «Sieht er nicht aus wie eine Ratte?», kicherte sie.
«Oder wie eine Maus», meinte Anton, «auf jeden Fall widerlich.»
«Nicht wahr!», rief Anna. «Dagegen sind wir Vampire richtig niedlich. – Weißt du, wie er heißt? Geiermeier!»
«Wie?», fragte Anton.
Anna lachte und hüpfte von einem Bein auf das andere.
«Geiermeier, Geiermeier, wo sind deine Ostereier?», sang sie.
Aus der Gruft drang ein heiseres Husten zu ihnen herauf.
«Rüdiger!», rief Anton erschrocken. «Wie geht es ihm?»
«Dem?», sagte Anna. «Dem geht es gut. Er ist schon wieder aufgestanden. Aber Lumpi liegt jetzt.»
«Lumpi?», rief Anton. Wer war noch Lumpi? Ach ja, der ältere Bruder! «Und weiß er schon, dass ich …»
«Klar», winkte Anna ab, «mach dir darüber keine Gedanken. Vampirkinder halten zusammen.»
«Und er – tut mir nichts?»
«Nein», lachte Anna, «unter Freunden doch nicht!»
Sie stiegen die Stufen hinunter. Eine Kerze brannte, und in ihrem Licht sahen sie Rüdiger in seinem Sarg sitzen und lesen, während sich im Sarg neben ihm ein großer, kräftiger Vampir unruhig wälzte. Rüdiger blickte von seinem Buch auf und legte einen Finger auf den Mund.
«Er schläft», flüsterte er und machte ihnen ein Zeichen, sich zu ihm auf den Sargrand zu setzen.

«Und was hat er?», fragte Anton.
«Grippe», erklärte Rüdiger, «ist ja auch kein Wunder, wenn man nur nachts unterwegs ist.»
Verstohlen betrachtete Anton den schlafenden Lumpi. Eine gewisse Ähnlichkeit mit Rüdiger war unverkennbar, aber Lumpis Gesicht wirkte noch bleicher, und seine Augen lagen in noch dunkleren Höhlen.
«Er sieht wirklich krank aus», flüsterte er.
«Nicht wahr?», nickte Rüdiger. «Völlig blutleer, der Arme!»
Jetzt stieß Lumpi ein tiefes Brummen aus, das Anton erschrocken zurückweichen ließ ... Hoffentlich stimmte das, was Anna ihm über Lumpis angebliche Harmlosigkeit erzählt hatte!
«Ei-eigentlich wollte ich dich besuchen, Rüdiger», meinte er, «aber nun, wo du gesund bist ...»
«Du willst doch nicht schon wieder gehen!», rief Anna.
«Ich – ich muss aber nach Hause», murmelte Anton, «ich hab keinen Schlüssel ...» Hauptsache, er kam hier raus, bevor Lumpi aufwachte ...
Aber dafür war es nun zu spät, denn eben schlug Lumpi die Augen auf. Knurrend erhob er sich und sah Anton starr an. «Wer ist das?», rief er mit dröhnender Stimme.
«Aber Lumpi», sagte Anna besänftigend, «das ist doch Anton, von dem wir dir erzählt haben!»
«Ach so», sagte Lumpi enttäuscht, «Anton. – Ich hab aber trotzdem Hunger!», brüllte er.
«Morgen darfst du wieder mitfliegen», tröstete ihn Anna.
«U-ah!», sagte Lumpi und gähnte. Dabei riss er den Mund so gewaltig auf, dass Anton die strahlend weißen Zahnreihen sah, aus denen die Eckzähne mindestens zwei Zentimeter weit herausragten. Anton überlief es kalt. Wenn er bloß aus der Gruft

hinauskäme! Natürlich durfte Lumpi nicht merken, dass er Angst vor ihm hatte, denn jemand, der Angst hat, ist immer eine leichte Beute …

Jetzt lächelte Lumpi. «Komm nicht so dicht heran», sagte er zu Anton, «sonst steckst du dich noch bei mir an.»

«Äh – ja», sagte Anton, dem sowieso davor grauste, sich Lumpi zu nähern, «vielleicht ist es am besten, wenn ich g-gleich nach Hause g-gehe.»

«Aber wieso denn?», sagte Lumpi und grinste. «Gefällt es dir nicht bei uns?»

«D-doch», stotterte Anton, «ich d-dachte nur, wegen der Ansteckungsgefahr …»

«Jetzt spielen wir erst mal eine Runde Vampir-ärgere-dich-nicht», erklärte Lumpi und zog einen länglichen Karton aus dem Sarg.

«O toll!», rief Anna aufgeregt. «Komm, Rüdiger, hilf mir, den Spieltisch aufzubauen.»

Sie gingen zu einem kleinen Sarg an der Wand, hoben den Deckel ab und zogen ihn in den Gang vor Lumpis Sarg. Dort drehten sie ihn um, sodass sie den glatten Boden als Spielfläche hatten.

Lumpi legte das Spielbrett darauf und stellte die Figuren auf. Die Vampire setzten sich auf die Särge rundum und Anton folgte ihnen zögernd.

«Ich nehme Schwarz», erklärte Lumpi.

«Und ich Rot», sagte Anna.

«Und du, welche Farbe willst du?», wandte sich Rüdiger an Anton.

«Ich? Äh – Gelb.»

«Und wer fängt an?», fragte Anna.

«Anton», sagte Lumpi, «Besuch fängt immer an.»
Er schob Anton den Würfel hin und Anton würfelte: 4.
«Pech», sagte Lumpi und grinste schadenfroh, «nur mit 6 darfst du raus.»
Jetzt würfelte Rüdiger, und Anton hatte Zeit, sich das Spielfeld anzugucken: Es sah genauso aus wie sein Mensch-ärgere-dich-nicht-Spiel zu Hause, nur stand hier in schwarzer Schrift *Vampir-ärgere-dich-nicht.*
«Woher – ich meine, wie seid ihr zu dem Spiel gekommen?», fragte er flüsternd Anna, die neben ihm hockte.
«Onkel Theodor», sagte sie, «er hat es gefunden.»
«Gefunden?», fragte er ungläubig. Wo konnte man Spiele finden?
«Na ja», kicherte sie, «vielleicht auch – mitgenommen.»
Gerade würfelte Lumpi. Er hatte eine 2.
«Gemeinheit!», brüllte er und schleuderte den Würfel quer durch die Gruft. Rüdiger lief hinterher und brachte den Würfel zurück. Nun war Anna an der Reihe. Mit kräftigem Schwung warf sie den Würfel. Kurz vor dem Spielfeldrand blieb er liegen: 6.
«Gilt nicht!», schrie Lumpi. «Brennt!»
«Überhaupt nicht!», kreischte Anna. «Er liegt genau auf dem Feld!» Bevor sie den Würfel nehmen konnte, hatte Lumpi schon mit der Faust auf das Spielbrett geschlagen, sodass es in hohem Bogen durch die Luft flog.
Anna war puterrot vor Wut. «Nie kannst du verlieren, nie!», schrie sie.
Lumpi machte ein beleidigtes Gesicht und sprach kein Wort. Würdevoll legte er sich in seinen Sarg zurück und schloss die Augen. Rüdiger zuckte mit den Achseln, dann fing er an, die

zwischen allen Särgen verstreuten Teile zusammenzusuchen und in den Karton zu legen. Währenddessen erklang aus Lumpis Sarg ein zufriedenes Schnarchen.
«Schläft er?», fragte Anton flüsternd.
Anna schüttelte den Kopf. «Er tut nur so. Aber wehe, wenn ihn einer stört!»
«Er ist ja ziemlich jähzornig», meinte Anton leise.
«Psst!», sagte Anna. «Reiz ihn nicht. Er ist in der Pubertät.»
«In der – was?», erkundigte sich Anton.
«In den Entwicklungsjahren», erklärte Anna.
«Ach so», sagte Anton und dachte an Lumpis mal hoch, mal tief krächzende Stimme, «dann ist er im Stimmbruch.»
«Genau», sagte Anna, «und deshalb ist er so empfindlich und so schnell beleidigt. Aber weißt du, was das Schlimmste ist?»
«Nein, was denn?», fragte Anton.
«Dass er nie aus der Pubertät rauskommt. Er ist nämlich in der Pubertät gestorben!»
In diesem Moment begann der Stein über dem Einstiegsloch zu klappern. Lumpi tat, als ob er schliefe, aber Rüdiger war stehen geblieben und starrte mit vor Schreck geweiteten Augen auf den Eingang der Gruft. Anna zog Anton zur Seite und flüsterte: «Du musst dich verstecken!»
«Aber wo?», rief Anton.
«Na, irgendwo im Sarg!»
«D-dann in Rüdigers», stotterte Anton. Den kannte er wenigstens, und den scheußlichen Geruch darin hatte er auch schon einmal lebend überstanden. Wer wusste, welche Überraschungen die anderen Särge enthielten!
Anna half ihm beim Hineinklettern und schloss den Deckel über ihm. Schon kamen schnelle Schritte die Treppen herunter,

und eine Anton nur allzu gut bekannte Stimme rief: «Ach, das kann auch nur mir passieren!»
«Was ist denn, Tante Dorothee?»
«Mein Gebiss», jammerte sie, «ich muss es im Sarg vergessen haben.»
Anton hörte, wie sie durch die Gruft lief.
«Da ist es ja!», rief sie erleichtert. «Stellt euch vor, es wäre weg gewesen!» Anscheinend hatte sie ihr Gebiss nun eingesetzt, denn die letzten Worte hatte sie viel klarer und deutlicher gesprochen.
«Also, dann will ich mal wieder», sagte sie, blieb aber plötzlich stehen. «Ja, sag mal, Rüdiger», rief sie, «wieso bist du nicht im Sarg?»
«Es geht mir schon viel besser», antwortete Rüdiger.
«Nein! Das kann ich nicht erlauben», erklärte Tante Dorothee. «Wenn das deine Mutter wüsste! Rüdiger, du gehst sofort in den Sarg.»
Anton blieb fast das Herz stehen!
Schritte näherten sich, der Deckel wurde angehoben und eine Gestalt kam zu Anton in den Sarg geklettert.
«Siehst du», flüsterte Rüdiger, «es reicht für zwei.» Laut rief er: «Gute Nacht, allerseits!», und zog den Sargdeckel über ihnen zu. Sie hörten, wie Tante Dorothee die Treppen hinaufging, und nach einigen Minuten meldete Anna: «Sie ist weg! Ihr könnt rauskommen!»
Aber nur ein schwaches Stöhnen drang aus dem Sarg, und als Anna voll banger Ahnungen den Sargdeckel öffnete, sah sie, wie sich Rüdiger über Anton beugte, der die Augen geschlossen hatte.
Entsetzt schrie sie auf. «Rüdiger! Du wirst dich doch nicht an

Anton vergreifen!» Ihr Kreischen weckte Anton. Kaum sah er den Vampir über sich, als auch er ein wildes Gebrüll anstimmte. Langsam hob Rüdiger den Kopf. «Seid ihr verrückt geworden?», sagte er gelassen. «Ich hab Anton doch nur künstlich beatmet.»
«Künstlich beatmet?», fragte Anton misstrauisch und fasste sich an den Hals – aber nicht die kleinste Bisswunde war zu spüren, und es schien auch nichts zu bluten.
«Du warst ohnmächtig», erklärte Rüdiger, «und da dachte ich ...»
«Ach du», schimpfte Anna, «du mit deinem Erste-Hilfe-Kurs!»
«Ich g-geh jetzt», sagte Anton matt. Seine Beine fühlten sich an, als seien sie aus Gummi. Langsam stand er auf und stieg aus dem Sarg.
«Armer Anton!», sagte Anna und fuhr ihm tröstend über das Gesicht. «Ich bring dich nach Haus.»
«Danke», murmelte Anton.
Gemeinsam stiegen sie die Stufen hinauf. Sie waren schon fast oben, als Rüdiger neben ihnen auftauchte. Er machte ein ganz zerknirschtes Gesicht.
«Entschuldige, Anton», sagte er beschämt, «ich – ich wollte dir wirklich nur helfen. Du glaubst doch nicht etwa, dass ich ...»
«Nein», sagte Anton und reichte ihm die Hand, «schon vergessen.»
«Bin ich froh!», seufzte Rüdiger. «Ich dachte schon, du wolltest nichts mehr von mir wissen.»

«Komm, Anton», rief Anna vom Eingang her, «wir können fliegen.»
«Also dann», sagte Anton und zwängte sich in den engen Schacht, «bis Samstag.» Rüdigers Antwort konnte er schon nicht mehr hören, denn jetzt zog ihn Anna nach oben.

Ein starkes Stück

Die klare Nachtluft brachte Anton augenblicklich wieder ganz zur Besinnung. In tiefen Zügen atmete er sie ein und reckte seine steif gewordenen Glieder. Anna sah ihm zu und lächelte.
«War's schlimm?», fragte sie.
«Du meinst, im Sarg?», sagte Anton. «Nein.» Jetzt war es ja überstanden, und kein Lumpi und keine Tante Dorothee konnten ihm mehr gefährlich werden!
«Es war nur etwas eng», meinte er, «und etwas – stickig.»
«Stickig?», kicherte Anna. «Na ja, wir können auch nie lüften. Und dann die alten Umhänge ...»
Plötzlich schien ihr etwas einzufallen und sie sah sich unruhig um. Dann flüsterte sie: «Wir sollten lieber aufbrechen, wer weiß, wo sich Geiermeier herumtreibt.»
«Hast du ihn gesehen?»
«Nein. Aber es ist trotzdem besser.» Sie erhob sich in die Luft und mit einigen unsicheren Flügelschlägen folgte ihr Anton.
«Was ich dich schon immer fragen wollte –», sagte sie, «gibt es eigentlich auch Liebesgeschichten mit Vampiren?»
«Liebesgeschichten?» Anton überlegte. «Die mit dem Nachtfalter, das war doch eine ...»
«Igitt!», fauchte Anna. «Das nennst du Liebesgeschichte, wenn der Vampir am Schluss umkommt?»
Eine Weile flogen sie wortlos nebeneinanderher.
«Einmal hab ich eine gelesen, die glücklich ausging», schwärmte sie dann.
«So?», sagte Anton. «Wie denn?»

«Am Ende waren beide Vampire und lebten zusammen!»

«Was?», rief Anton. «Das nennst du glücklich?»

«Du nicht?» Mit großen, glänzenden Augen sah sie ihn an. «Willst du etwa nicht mit mir …?»

Jetzt musste Anton aufpassen, dass er nichts Falsches sagte!

«Weißt du –», begann er.

«Ja?», schluchzte sie.

«Ich kann doch gar kein Vampir werden!»

«Wieso nicht?», rief sie. «Wenn ich dich …» Sie machte eine Pause, weil sie sich nicht ganz sicher war, ob es günstig wäre, Anton in alle Einzelheiten des Vampirwerdens einzuweihen. Vielleicht schreckte es ihn ab?

Umständlich begann sie: «Also, wenn ich dich, sobald ich meine Zähne habe …»

«Ich will aber kein Vampir werden!», rief Anton.

«Nicht?», fragte Anna ungläubig.

«Nein!», sagte er, empört über die Unverfrorenheit, mit der sie aus ihm einen Vampir machen wollte. «Ich hab überhaupt keine Lust dazu!» Das war wirklich ein starkes Stück!

Aufgebracht flog er weiter und würdigte sie keines Blickes. Erst als er ein Schluchzen hinter sich hörte, sah er sich um.

«Du – du magst mich nicht», stieß sie hervor, «du hast eine andere Freundin!»

«Nein», sagte Anton, «bestimmt nicht!»

«Wirklich nicht?»

«Nein!»

Sie seufzte erleichtert und fuhr sich mit der Hand über die Augen. «Es macht auch gar nichts, wenn du kein Vampir bist», meinte sie dann, «Hauptsache, wir mögen uns!» Dabei lächelte sie schon wieder.

«Wir – wir sind gleich da», stotterte Anton, obwohl es noch mindestens fünfhundert Meter bis zu seinem Haus waren – aber warum fing Anna auch immer von solchen Sachen an, die ihn nur verlegen machten!

«Ich glaub, ich seh Licht», rief er und begann, schneller zu fliegen. Sonst hatte er es nie eilig, nach Hause zu kommen, aber mit Anna im Nacken ... Wer wusste denn, was für peinliche Fragen sie ihm noch stellte.

Im Wohnzimmer der Eltern leuchtete die Fernsehlampe. Anton hoffte nur, dass sie seine Abwesenheit noch nicht bemerkt hatten. Dann könnte er sich einfach in sein Zimmer stehlen.

«Das Fenster ist zu», flüsterte Anna, deren Augen nachts viel besser sahen als seine.

«Zu!», rief Anton entsetzt. Und tatsächlich: Im Näherkommen erkannte er, dass die Fensterflügel von innen verriegelt waren. Nicht einmal die Klappe stand offen.

«Jetzt muss ich klingeln», murmelte er, «und dann erfahren sie alles.»

«Erzähl doch, du warst spazieren», schlug Anna vor.

«Ich sag einfach die Wahrheit», beschloss Anton, «die glauben sie am wenigsten!»

Anna begleitete ihn noch bis zur Haustür. Hier zog er den Umhang aus und gab ihn ihr. Sie wirkte plötzlich ganz traurig.

«Tschüs, Anton», sagte sie leise, und ohne sich noch einmal umzusehen, verschwand sie in der Nacht.

Peinliche Fragen

Während Anton mit dem Fahrstuhl nach oben fuhr, versuchte er sich vorzustellen, was seine Eltern wohl sagen würden. Ob sie böse waren? Oder wütend? Oder enttäuscht?
Auf jeden Fall konnte es nichts Gutes bedeuten, dass die Wohnungstür geschlossen war, als er aus dem Fahrstuhl kam. Sonst stand immer jemand an der Tür und sah ihm freundlich entgegen, wenn er unten geklingelt hatte.
Er drückte auf den Klingelknopf und wartete. Klappernd näherten sich die Schritte der Mutter. Dann wurde die Tür geöffnet.
«Weißt du, wie spät es ist?», fragte die Mutter anstelle einer Begrüßung.
«Neun?», sagte Anton fragend.
«Viertel vor zehn!», rief sie vorwurfsvoll. «Seit neun warten wir auf dich! Wir haben mit dir zu reden!»
Damit drehte sie sich um und ging ins Wohnzimmer zurück. Anton folgte ihr – langsam und mit sehr gemischten Gefühlen.
Der Vater saß auf dem Sofa. Als Anton hereinkam, stand er auf und schaltete den Fernseher aus, was sonst nie vorkam.
«Wo warst du?», fragte er.
«Ich? Spazieren.»
«Soso. Spazieren! Um halb zehn geht mein Sohn, neun Jahre alt und Schüler der dritten Klasse, draußen spazieren.» Er machte eine Pause. «Und wo warst du, wenn man fragen darf?»
«Ach», sagte Anton, «so überall –»
«Aha! Das ist natürlich eine klare Auskunft!» Um die Mund-

winkel des Vaters begann es zu zucken, und das geschah immer dann, wenn er wütend war, seine Wut aber nicht zeigen wollte.
«Übrigens, es riecht wieder so seltsam», sagte die Mutter. «Anton, bist du das?»
Plötzlich fühlte sich Anton von Kopf bis Fuß gemustert, und voller Unruhe sah er nun selbst an sich herunter, ob nicht doch irgendwelche verräterischen Spuren auf seinen Besuch in der Gruft hinwiesen – zum Beispiel Friedhofserde an den Schuhen. Aber es war nichts zu sehen.
«Habt ihr Feuer gemacht?», fragte die Mutter.
«Nein», sagte Anton. Nun fing sie schon wieder damit an!
«Vielleicht haben andere Feuer gemacht und du hast nur zugeguckt?»
«Nein!!»
«Oder habt ihr etwa geraucht?»
«Auch nicht!»
«Und wieso riechst du dann so?»
«Das weiß ich nicht. Vielleicht ist es von Anna.»
«Anna?» Der Vater horchte auf. «Wer ist Anna?»
«Meine Freundin.»
«Deine – was?»
«Rüdigers Schwester.»
«Wessen Schwester?», rief der Vater. «Rüdigers?»
«Ja», sagte Anton, der sich nicht erklären konnte, was der Vater daran so aufregend fand.
«Und du hast mich nicht beschwindelt?», fragte der Vater.
«Nein!», antwortete Anton.
«Na gut!», rief der Vater und sprang vom Sofa auf. «Das können wir nachprüfen.»
«Willst du anrufen?», fragte die Mutter. Der Vater nickte und

schlug das Telefonbuch auf. «… Holzapfel, hier: Holzapfel, Heinrich, Angestellter.»
«Wer ist denn Holzapfel?», fragte Anton vorsichtig.
Der Vater warf ihm einen spöttischen Blick zu. «Das kann ich mir denken, dass du nicht weißt, wer Holzapfel ist», meinte er, während er wählte.
Am anderen Ende der Leitung schien gleich jemand abgenommen zu haben, denn nun sagte der Vater mit ganz veränderter Stimme: «Herr Holzapfel? Hier Bohnsack. Entschuldigen Sie die Störung. Nur eine kurze Frage: Mein Sohn behauptet, mit Ihrer Tochter Anna … Was? Sie haben gar keine …» Er machte eine Pause. «Verstehe …», sagte er dann, «nochmals vielen Dank!»
Befriedigt legte er den Hörer auf und wandte sich Anton zu.
«Weißt du, dass dein angeblicher Freund Rüdiger überhaupt keine Schwester hat? Nur einen Bruder, und der heißt Leo!»
«Leo?», fragte Anton.
«Und was deinen so genannten Rüdiger betrifft … – der heißt nicht Rüdiger, auch nicht Rüdiger-Udo, sondern nur Udo!»
«Udo?», sagte Anton verdutzt. Dann begriff er. Das musste der Udo sein, den er statt des echten Rüdigers eingeschmuggelt hatte! Ein schrecklicher Verdacht tauchte in ihm auf: Schließlich hatte Udo den Spitznamen «Klatschtante» … Ob er seine, Antons, Eltern angerufen und ihnen alles erzählt hatte? Nein, so viel Gemeinheit traute er ihm doch nicht zu!
«Und?», fragte der Vater. «Was hast du zu sagen?»
«Ich?» Anton zögerte, dann sagte er: «Mir hat er sich als Rüdiger vorgestellt.»
«Und die Schwester? Wie hat die sich vorgestellt?»
«Die?», sagte Anton. «Als Anna natürlich.»

«Verflucht noch mal! Eben hab ich dir erzählt, dass Udo überhaupt keine Schwester hat!»
«Aber Rüdiger!», sagte Anton bockig.
Jetzt schaltete sich die Mutter ein. «Anton», sagte sie, «du musst doch zugeben, dass es sehr merkwürdig ist, wenn du mit einer Schwester spazieren gehst, die es in Wirklichkeit gar nicht gibt! Willst du uns nicht die Wahrheit sagen?»
«Jetzt begreif ich überhaupt nichts mehr», sagte Anton.
«Also gut.» Der Vater gab sich sichtlich Mühe, ruhig zu bleiben. «Ich habe deinen angeblichen Rüdiger wieder erkannt. Er ist der Sohn meines Arbeitskollegen und heißt nicht Rüdiger von Schlotterstein, sondern Udo Holzapfel!»
«Warum hast du das nicht gleich gesagt?», fragte Anton.
Der Vater schnappte nach Luft. «Warum?», rief er. «Weil ich erst mal hören wollte, was mein Herr Sohn zu sagen hat!»
Wenigstens wusste Anton jetzt, was los war!
«Ich nehme an, dass wir den echten Rüdiger noch gar nicht kennen», meinte die Mutter, «und dass es wirklich einen Rüdiger gibt, der auch eine Schwester hat, die Anna heißt. Aber warum hast du uns dann den echten Rüdiger nicht vorgeführt?»
Gegen seinen Willen musste Anton grinsen. Die Mutter mit ihrer kühlen, überlegten Art kam ihm immer viel besser auf die Schliche als der Vater mit seinem Geschimpfe und Gepolter!
«Es war so», sagte Anton, «ihr habt mich immer gedrängt, ich sollte Rüdiger mitbringen. Aber Rüdiger wollte nicht, und da hab ich Udo gefragt. Übrigens», fügte er hinzu, «ich wusste gar nicht, dass Udo mit Nachnamen Holzapfel heißt!»
«Und warum wollte Rüdiger nicht?», fragte die Mutter.
«Weil – er steht immer so spät auf, und dann macht er sich auch nichts aus Kuchen. Und ein bisschen komisch ist er auch.»

Die Mutter lachte. «Aber das macht doch nichts! Komische Typen finde ich lustig. Und er muss ja nichts essen, wenn er nicht möchte.»
«Ihm ist das aber unangenehm», sagte Anton.
«Unangenehm?», fragte die Mutter. «Wieso denn?»
«Außerdem riecht er schlecht.»
Jetzt lachte auch der Vater. «Na, du hast Freunde!»
«Und richtig benehmen kann er sich auch nicht.»
«Aber Anton», sagte die Mutter, «ist es nicht viel wichtiger, ob jemand ein gutes Herz hat oder nicht?»
Anton wurde blass. «Gu-gutes Herz», sagte er, «wie meinst du das?» Sollte die Mutter etwas gemerkt haben? Aber dafür machte sie eigentlich ein viel zu fröhliches Gesicht.
«Dass du dich auf ihn verlassen kannst», erklärte die Mutter, «dass er dich nicht im Stich lässt.»
«Ach so», sagte Anton erleichtert.
«Siehst du», sagte die Mutter, «und wenn du ihn magst, dann wird er uns auch gefallen.»
«Meinst du?», fragte Anton und machte ein ungläubiges Gesicht. «Mögt ihr denn – Vampire?»
«Fängst du schon wieder mit deinen Vampiren an!», lachte der Vater.
Die Mutter sah verärgert aus. «Ich finde das überhaupt nicht komisch», sagte sie.
Der Vater lachte noch lauter. «Und wann sehen wir ihn nun, deinen Rüdiger, den berühmten Vampir?»
«Ich – muss ihn ja erst mal fragen», murmelte Anton, «vielleicht nä-nächste Woche?»
Er fühlte sich plötzlich todmüde und hatte nur noch einen Wunsch: Endlich in sein Bett zu kommen!

«Und lass dein Fenster geschlossen!», rief ihm die Mutter nach, als er schon an der Tür war. «In letzter Zeit flattern so große Motten ums Haus!»
«Ja», sagte Anton und drehte sich schnell um, damit die Eltern sein Lachen nicht sehen konnten, «gute Nacht!»

Ein neuer Mitbruder

Mitten in der Nacht wachte Anton auf. Er rieb sich die Augen und blinzelte – wo war er? Eben noch hatte er zwischen all den Vampiren an einer langen Tafel gesessen, und Sabine von Schlotterstein die Schreckliche hatte eine Rede gehalten …

Aber jetzt lag er in seinem Bett!

Neben ihm tickte der Wecker, und im schwachen Licht am Fenster zeichneten sich die Umrisse des Schreibtisches und der Lampe ab. Anton atmete auf. Einen Augenblick lang hatte er doch tatsächlich geglaubt, er befände sich auf dem Friedhof, wo ein großes Fest gefeiert werden sollte!

Er versuchte sich zu erinnern – ja, jetzt fiel es ihm wieder ein: Ein neuer Vampir sollte in die Familie aufgenommen werden! Zur Feier des Tages hatten die Vampire ihre Gruft festlich hergerichtet. Schwarze Kerzen brannten in hohen silbernen Leuchtern, und die Särge waren zu einer Tafel zusammengestellt und mit großen schwarzen Tüchern bedeckt worden.

Am Kopf der Tafel thronte Sabine die Schreckliche, ihr zur Seite saßen die Vampire; zu ihrer Rechten Ludwig der Fürchterliche, Hildegard die Durstige, Tante Dorothee und Onkel Theodor; zu ihrer Linken Wilhelm der Wüste, Lumpi der Starke, Rüdiger und Anna die Zahnlose. An Annas Seite aber saß – – – er selbst, Anton! Und nun wusste er auch, was ihm bevorstand!

Schon hatte sich Sabine die Schreckliche von ihrem Platz erhoben, und nachdem sie sich mehrmals geräuspert und ihre schrecklichen Zähne gebleckt hatte, sprach sie: «Liebe Anver-

wandte! Ich habe heute die ganz besondere Freude, euch einen neuen Mitbruder vorzustellen!»

Sie machte eine bedeutungsvolle Pause. Dann hob sie die Hand und zeigte auf Anton, und plötzlich richteten sich alle Augen auf ihn. Und was für Augen! Glühende Augen, die ihn fast verschlangen!

«Unser aller Dank gilt Anna, die Anton für uns gewonnen hat!», fuhr Sabine die Schreckliche fort, und als Ausdruck ihrer Hochachtung trommelten die Vampire mit den Fäusten auf die Särge.

«Und nun wollen wir einen richtigen Vampir aus Anton machen!», rief sie. Da sprangen die Vampire in die Höhe, und wie auf ein Zeichen begannen sie, das entsetzlichste Gebrüll auszustoßen, die Zähne zu fletschen und mit den Augen zu rollen. Langsam, ganz langsam rückten sie näher. Sabine die Schreckliche ging an der Spitze und streckte ihre langen Finger mit den Krallennägeln nach ihm aus ... aber bevor sie ihn erreicht hatten, war er aufgewacht!

Anton setzte sich im Bett auf und sah auf den Wecker: 3 Uhr! Seufzend legte er sich in die Kissen zurück und schloss die Augen. Hoffentlich konnte er jetzt in Frieden weiterschlafen!

Gespitzte Ohren

«Heute machst du keinen sehr wachen Eindruck», meinte der Vater am Abend. Sie saßen auf dem Sofa und warteten auf den Beginn des Tierfilms.

Anton gähnte. «Ich geh auch gleich ins Bett.»

«Dein Spaziergang gestern war wohl sehr anstrengend, was?»

«Wir haben eine Mathearbeit geschrieben», erklärte Anton. Als ob die Schule ein Vergnügen wäre!

«Und?», fragte die Mutter. «Konntest du alles!»

«Na ja», sagte Anton.

In diesem Augenblick klingelte das Telefon. Der Vater ging an den Apparat.

«Bohnsack», sagte er mit seiner forschen Telefonstimme. Aber dann nahm sein Gesicht einen überraschten Ausdruck an. *«Wen* wollen Sie sprechen? Sind Sie sicher, dass Sie richtig gewählt haben? – Moment mal.» Er bedeckte den Hörer mit der Hand. «Das sind Verrückte», sagte er flüsternd, «ich kann sie gar nicht verstehen. Sie fauchen so! Ob es Schüler von dir sind?»

«Was?», rief die Mutter empört und nahm den Hörer. «Bohnsack», meldete sie sich. «Wer ist dort? – Wen? Anton wollen Sie sprechen?» Mit gerunzelter Stirn sah sie Anton an.

«Für dich», flüsterte sie.

«Wer ist es denn?», fragte der Vater.

Die Mutter zuckte mit den Schultern. «Keine Ahnung. Die sprechen, als hielten sie die Hand vor den Mund.»

Inzwischen hatte Anton den Hörer genommen. «Hallo», sagte er.

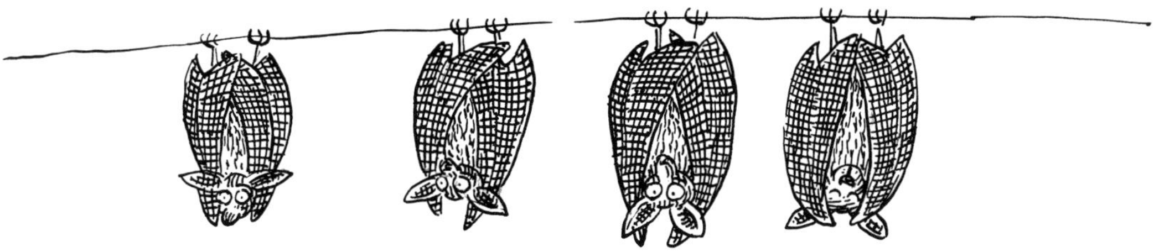

Am anderen Ende der Leitung antwortete ein helles Kichern.
«Wer ist da?», rief er.
«Ich bin's, Anna!», kam die Antwort – sehr leise und piepsig, aber deutlich zu verstehen.
Anton merkte, wie er blass wurde.
«D-du», murmelte er. Das war ja eine schöne Bescherung! Und die Eltern standen um ihn herum und achteten auf jedes Wort, das er sprach!
«Wer ist es denn?», zischte der Vater.
«Anna», gab Anton widerwillig Auskunft.
«Und was will sie?», fragte die Mutter.
«Weiß ich nicht», murrte Anton, «ich hör ja nichts!»
«Bist du mir noch böse?», fragte Anna jetzt. «Ich meine, wegen gestern? Weil ich doch –»
«Nein, nein», sagte Anton schnell, «überhaupt nicht.»
«Ich hab auch eine Überraschung für dich!»
«Eine Überraschung?»
Aus den Augenwinkeln sah er, wie die Eltern einen viel sagenden Blick tauschten.
«Und w-was?», fragte er.
«Eine Geschichte», sagte sie, «eine echte Vampirliebesgeschichte.» Bei den letzten Worten kicherte sie so heftig, dass er

sie kaum verstehen konnte. «Darf ich sie dir heute Abend vorlesen?»
«Heu-heute lieber nicht», stotterte er, «vielleicht morgen?»
«Gut», sagte sie, «morgen. Und wann?»
Anton warf seinen Eltern einen prüfenden Blick zu und überlegte. «Meine Großmutter hatte einundzwanzig Uhren», sagte er dann und lachte im Stillen über die verblüfften Gesichter, die seine Eltern machten. Das hatten sie davon, wenn sie fremde Gespräche mit anhörten!
Aber Anna hatte ihn verstanden. «Also um einundzwanzig Uhr!», sagte sie.
«Und – was macht Rüdiger?», fragte Anton.
«Er fliegt schon wieder», sagte Anna, «und er hatte furchtbaren Hunger.»
«Ach so.» Wie immer, wenn die Essgewohnheiten der Vampire zur Sprache kamen, beschlich Anton ein komisches Gefühl.
«Dann – grüß ihn mal schön», sagte er, weil ihm nichts anderes einfiel. Warum mussten die Eltern auch wie angewachsen neben ihm stehen! Konnten sie nicht solange in die Küche gehen?
«Also dann – tschüs», sagte er.
«Bis morgen!», antwortete Anna. Dann legte sie auf.
«Was?», sagte der Vater in gespieltem Erstaunen. «Schon fertig?»
«Ja», brummte Anton.
«Was hast du da erzählt?», fragte die Mutter. «Eine Großmutter, die einundzwanzig Uhren hatte?»
«Kleiner Witz.»
«Und warum hast du Anna nicht gleich mit eingeladen?», wollte der Vater wissen.
«Weil – ich hab nicht dran gedacht.»

«Und Rüdiger?», sagte die Mutter. «Hast du dem schon Bescheid gesagt?»
«Nein.»
«Und warum nicht?»
«Ich hab ihn noch nicht getroffen.»
«Ist er nicht in deiner Schule?»
Anton musste grinsen. «Nein.»
Jetzt sah die Mutter überrascht aus. «Nicht?»
«Er – hat Privatunterricht», murmelte Anton. Er hatte mal gehört, dass es so was gab!
«Privatunterricht?», wunderte sich die Mutter. «Ist er denn krank?»
«Eigentlich nicht», meinte Anton, «es ist nur, weil er immer so lange schläft.»
Die Mutter schüttelte ungläubig den Kopf. «Was du dir alles ausdenkst», sagte sie.
«Jaja», lachte der Vater, «unser Anton, der hat Phantasie!»
«Ihr müsst es ja wissen», sagte Anton beleidigt und ging. Krachend warf er die Tür hinter sich zu. Zuerst belauschten sie ihn – dann verhörten sie ihn – und zum Schluss wurde er noch ausgelacht – – – wenn das kein Grund war, wütend zu werden!

Stelldichein im Nachtanzug

Am folgenden Abend ging Anton besonders früh ins Bett. Bereits um halb acht hatte er sich gewaschen und den Nachtanzug angezogen.

«Gehst du schon schlafen?», wunderte sich die Mutter.

«Ich will noch lesen», sagte Anton.

«Aber um acht machst du das Licht aus!»

«Ja. Gute Nacht.»

In seinem Zimmer zog er die Vorhänge nur halb zu. Es war noch so hell, dass er kein Licht brauchte.

Er nahm sein neues Buch «Unheimliche Geschichten» aus dem Regal, legte sich unter die Decke und begann zu lesen. Gleich die erste Geschichte war genau das Richtige für ihn: Sie erzählte von zwei jungen Männern, die nachts in eine schaurige Spelunke gerieten …

Leise Schritte kamen über den Flur und im ersten Augenblick zuckte Anton erschrocken zusammen. Dann fiel ihm ein, dass es die Mutter war, die nach ihm sehen wollte, und rasch schob er sein Buch unter das Kissen und stellte sich schlafend. Vorsichtig wurde die Tür geöffnet und gleich darauf wieder geschlossen. Die Schritte entfernten sich. So, jetzt brauchte er keine Störungen mehr zu befürchten, denn nun dachten seine Eltern ja, dass er schliefe!

Er machte es sich noch gemütlicher, schob ein zweites Kissen unter den Kopf und knipste die Bettlampe an. Dann zog er sein Buch hervor und suchte die richtige Seite.

Da pochte es am Fenster, und Anton fuhr in die Höhe.

Draußen war es schon fast dunkel, sodass er nur einen Schatten erkannte. Er legte das Buch zur Seite und ging ans Fenster.
Auf dem Fenstersims saß Anna. Anton schob den Vorhang zur Seite und öffnete das Fenster.
«Tag, Anton», sagte Anna und kam geschmeidig wie eine Katze ins Zimmer geklettert.
«Tag», sagte Anton und spürte, wie er rot wurde. Gut, dass es hier am Fenster so dunkel war!
«Riechst du was?», fragte sie fröhlich und sah ihn strahlend an.
«Äh – ja», murmelte er. Was sollte er antworten? Dass sie nach Moder, Mottenpulver und Sargluft roch? Aber das wollte sie bestimmt nicht hören!
«Mein Parfüm», erklärte sie, «Mufti eleganti!»
«Was?», sagte er. «Mufti eleganti? Das hab ich noch nie gehört.»
«Kannst du auch nicht!», versicherte sie voller Stolz. «Meine Mutter stellt es selbst her. Es ist nur für Vampire!» Damit trat sie vor ihn hin und hielt ihm ihren Hals entgegen.
«Riechst du jetzt? Ist es nicht höllisch?»
«Hm – doch», sagte Anton, der selten etwas so Widerliches gerochen hatte, «sehr – kräftig.»
«Nicht wahr? Wir Vampire tragen es nur zu besonderen Gelegenheiten.»
«Ein bisschen wie Zwiebeln», meinte Anton. Schon fingen seine Augen an zu tränen und es kribbelte in seiner Nase.
«Zwiebeln sind auch der Hauptbestandteil», erklärte sie, «dazu kommen noch Stinkmorcheln und Blüten vom Stinkbaum.»
«Igitt!», entfuhr es Anton.
Anna machte ein beleidigtes Gesicht. «Ich dachte, es gefällt dir!»
«Jaja», sagte Anton schnell, «nur etwas – ungewöhnlich.»

«Wollen wir Musik hören?», fragte Anna.

«Mu-Musik», murmelte er und sah zur Tür, «weißt du, meine Eltern denken, ich schlaf schon.»

«Ach so», sagte sie enttäuscht. Doch dann hellte sich ihre Miene wieder auf. «Ich wollte dir ja etwas vorlesen», rief sie, «eine echte Vampirliebesgeschichte!»

Sie zog unter ihrem Umhang einen Stapel vergilbter Blätter hervor und strich sie sorgsam glatt. Anton sah, dass sie mit einer großen runden Kinderschrift säuberlich beschrieben waren.

«Von dir?», fragte er.

Sie schlug die Augen nieder. «Ja», hauchte sie.

«Es waren einmal ein König und eine Königin, die wünschten sich so sehr ein Kind. Aber sie kriegten keins. Da trug es sich zu, als die Königin einmal im Bade saß, dass ein Frosch aus dem Wasser ans Land kroch und zu ihr sprach: ‹Dein Wunsch wird erfüllt werden.› Und ehe ein Jahr vergangen war, gebar die Königin einen Jungen. Weil sie sich so freuten, feierten sie ein großes Fest, zu dem sie alle Verwandten, Freunde und Bekannten einluden, und auch die weisen Frauen, die sollten dem Jungen Glück bringen. Es waren nun aber dreizehn weise Frauen im Reich, und da sie nur zwölf goldene Teller hatten, musste eine von ihnen daheim bleiben. Das Fest wurde mit aller Pracht gefeiert, und als es zu Ende war, beschenkten die weisen Frauen das Kind mit ihren Gaben: Die eine mit Gesundheit, die andere mit Klugheit, die dritte mit Schönheit und so mit allem, was auf der Welt zu wünschen ist. Als elf ihre Sprüche getan hatten, trat die dreizehnte herein, die nicht mit eingeladen worden war, und rief mit lauter Stimme: ‹Der Königssohn soll sich in seinem fünfzehnten Jahr an einer Spindel stechen und tot hinfallen!› Da trat die zwölfte hervor, die ihren Wunsch noch übrig hatte.

Weil sie den bösen Spruch nicht aufheben, sondern nur mildern konnte, sagte sie: ‹Es soll kein Tod sein, nur ein hundertjähriger Schlaf.›»

«Wie?», sagte Anton, dem die Geschichte bekannt vorkam. «Ein hundertjähriger Schlaf?»

«Der König, der sein liebes Kind vor dem Unglück bewahren wollte, ließ den Befehl ausgeben, dass alle Spindeln im ganzen Königreich verbrannt werden sollten. Es geschah, dass an dem Tage, wo der Königssohn gerade fünfzehn Jahre alt wurde, der König und die Königin nicht zu Hause waren. Da ging er überall herum und kam schließlich auch an einen alten Turm. Er stieg die enge Treppe hinauf und kam zu einer kleinen Tür. In dem Schloss steckte ein verrosteter Schlüssel, und als er ihn umdrehte, sprang die Tür auf, und da saß in einer kleinen Stube eine alte Frau mit einer Spindel und spann Flachs. ‹Was ist das für ein Ding, das so lustig herumspringt?›, fragte der Königssohn, nahm die Spindel und wollte auch spinnen. Kaum hatte er die Spindel angerührt, so ging der Zauberspruch in Erfüllung. Er stach sich in den Finger und fiel auf das Bett, das daneben stand, und lag in einem tiefen Schlaf. Und dieser Schlaf verbreitete sich über das ganze Schloss. Der König und die Königin, die eben heimgekommen waren, fingen an einzuschlafen, und der ganze Hofstaat mit ihnen. Da schliefen auch die Pferde im Stall, die Hunde im Hof, die Tauben auf dem Dach und die Fliegen an der Wand. Rings um das Schloss begann eine Dornenhecke zu wachsen, die jedes Jahr höher wurde und endlich das ganze Schloss umzog, sodass nichts mehr davon zu sehen war.

Es ging aber die Sage in dem Land von dem schönen schlafenden Jüngling, dass von Zeit zu Zeit Königstöchter kamen und

durch die Hecke in das Schloss dringen wollten. Es gelang ihnen aber nicht, denn die Dornen hielten zusammen, als hätten sie Hände, und die Königstöchter blieben darin hängen und starben eines jämmerlichen Todes. Nach vielen, vielen Jahren kam wieder einmal eine Königstochter ins Land und hörte, wie ein alter Mann von der Dornenhecke erzählte, es sollte ein Schloss dahinter stehen, in welchem ein wunderschöner Königssohn schon seit hundert Jahren schlafe.
Da sprach die Königstochter: ‹Ich fürchte mich nicht, ich will hinaus und den schönen Jüngling sehen.›
Was der alte Mann aber nicht wissen konnte: Die Königstochter war in Wirklichkeit ein Vampir, und so konnte sie sich in eine Fledermaus verwandeln und über die Dornenhecke gelangen. Sie kam in den Schlosshof und sah die Pferde und Hunde liegen und schlafen. Und als sie ins Haus hineinkam, schliefen die Fliegen an der Wand. Da ging sie weiter und sah im Saal den ganzen Hofstaat liegen und schlafen. Endlich kam sie zu dem Turm und öffnete die Tür zu der kleinen Stube, in welcher der Königssohn schlief.
Da lag er und war so schön, dass sie die Augen nicht abwenden konnte, und sie bückte sich und gab ihm einen Vampirkuss. Als sie ihn berührt hatte, schlug er die Augen auf und blickte sie freundlich an. Nicht lange darauf war aus dem Jüngling auch ein Vampir geworden und sie lebten vergnügt bis an ihr Ende.«
«Die Geschichte kenn ich», sagte Anton, «das war das Märchen von Dornröschen.»
«Aber meine Fassung ist besser!», lachte Anna.
«Du hast den Hofstaat vergessen», sagte Anton, «und den König und die Königin. Werden die auch Vampire?»

«Na ja», sagte Anna, «gerade das wollte ich dich fragen. Fändest du es nicht zu – grausig?»

«Wieso denn?», sagte Anton. «Es glaubt doch heute sowieso niemand mehr an Vampire –»

«Was?», zischte Anna empört. «Niemand glaubt an Vampire? Und du? Glaubst du etwa nicht an uns?»

«Doch, doch», sagte Anton schnell, «ich natürlich! Aber die andern ...»

«Welche andern?»

«Ach – alle!»

«Alle?» Anna sah erschrocken aus. «Und ich dachte, die fürchteten sich vor uns!»

«I wo», winkte Anton ab, «die doch nicht! – Weißt du, was», fuhr er mit leiser Stimme fort, «letzte Woche mussten wir einen Aufsatz schreiben. Das Thema hieß: Ein schreckliches Erlebnis. Ich bin nach vorn gegangen und hab meine Lehrerin gefragt, ob man auch über Vampire schreiben dürfte. ‹Über Vampire willst du schreiben?›, hat sie da laut losgelacht, sodass es alle hören mussten. ‹Vampire gibt es doch nur im Märchen. Nein, Anton, in der dritten Klasse musst du über etwas schreiben, das auch in der Wirklichkeit vorkommt!›»

«So eine Ziege!», schnaubte Anna entrüstet. «Und worüber hast du dann geschrieben?»

«Ach», sagte Anton, «ich hab was genommen, das es mal im Fernsehen gab.»

«Und? Hat sie's gemerkt?»

«Nein. Sehr lebendig und wirklichkeitsnah erzählt, 2 + hat sie drunter geschrieben.»

«Gemein!», rief Anna. «Für eine Vampirgeschichte hättest du eine 6 bekommen!»

«Bestimmt.»
«Und deine Eltern?», fragte Anna. «Glauben die an Vampire?»
Anton schüttelte den Kopf. «Die am allerwenigsten. Aber sie möchten euch gerne kennen lernen.»
«Wen?»
«Rüdiger und dich. Ihr seid zum Kaffeetrinken eingeladen.»
«Ehrlich?», strahlte Anna. «Dann lern ich endlich deine Eltern kennen, Anton!» Sie klatschte in die Hände und machte einen Luftsprung. «Sind die auch so nett wie du?»
«Na ja», sagte Anton verlegen.
«Und wann?»
Aufs Geratewohl sagte er: «Nächsten M-Mittwoch. Meinst du, dass Rüdiger auch kommt?»
«Da muss ich ihn gleich fragen», rief sie und sprang auf das Fensterbrett, «tschüs, Anton, bis Mittwoch!»
Schon breitete sie die Arme aus.
«Mo-Moment», stotterte Anton, «kommt ihr auch wirklich?»
«Dafür sorg ich schon!», rief sie, dann war sie verschwunden.

Die letzten Vorbereitungen

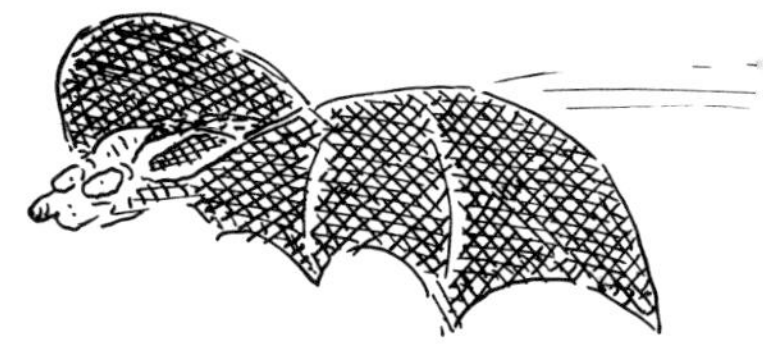

«Komm, Anton», sagte die Mutter am Mittwoch darauf, «hilf mir Sahne schlagen.»
«A-aber es ist doch viel zu früh», protestierte Anton.
«Zu früh?», sagte die Mutter. «Es ist gleich vier.»
«Trotzdem: Sie – machen immer Mittagsschlaf.»
«Mittagsschlaf?» Die Mutter sah ihn von der Seite an. «Das glaubst du wohl selbst nicht!»
«Doch, doch! Wegen der Gesundheit, weißt du.»
Auch das noch! Er hatte überhaupt nicht bedacht, dass Vampire erst nach Sonnenuntergang aufstanden – und das bedeutete, dass sie kaum vor acht Uhr hier sein könnten! Und die Mutter setzte bereits das Kaffeewasser auf und kochte die Milch für den Kakao …
«Du, Mutti», murmelte Anton und machte ein zerknirschtes Gesicht, «ich muss dir was sagen –»
«Ja?»
«Mit dem Besuch – also, die kommen erst um acht.»
«Wie?», rief die Mutter. «Um acht? Aber da gehst du doch schon wieder ins Bett!»
«Ja», sagte er verlegen, «ich weiß –»
«Und Rüdiger und Anna? Müssen die nicht um acht ins Bett?»
«Die doch nicht!», sagte er und biss sich auf die Lippen, um nicht zu lachen.

«Komische Verhältnisse», brummte die Mutter und schüttelte den Kopf. «Und was wird aus unserem Kaffeetrinken?»
Sie zeigte auf die Kaffeekanne und den Milchtopf auf dem Herd. «Alles schon vorbereitet!»
«Du kannst es ja aufheben», schlug Anton vor.
«Aufheben? Um acht kann ich keinen Kaffee trinken.»
«Und warum nicht?»
«Weil ich dann nicht schlafen kann», sagte sie ärgerlich.
«Warum trinkst du dann überhaupt welchen?»
«Nun werd noch frech!», schimpfte sie.
«Trink ihn doch jetzt», sagte Anton, «und nachher um acht gibt es dann – Apfelsaft!»
Sie nahm den Kessel vom Herd und goss das kochende Wasser in den Kaffeefilter. «Und was ist mit der Schule morgen?»
«Ach – nur einmal!»
Nun rührte sie das Kakaopulver in die Milch. «Aber einverstanden bin ich damit nicht», sagte sie, «und ich stimme nur deshalb zu, weil ich deine merkwürdigen Freunde endlich kennen lernen möchte.»
Anton seufzte erleichtert.
«Und der Kuchen?», fragte sie.
«D-den kann ich doch essen», sagte Anton. Die Mutter hatte wieder Sahnebaisers gekauft, diesmal sogar acht Stück. Immer-

hin war er beim letzten Mal leer ausgegangen, als Udo sie ihm alle vor der Nase weggefuttert hatte!

«Na gut, zwei Stückchen», sagte sie, «wir machen dann Käsehäppchen heute Abend. Hilfst du mir?»

«Klar!» Anton fiel ein Stein vom Herzen! Die Mutter hatte nicht nur zugestimmt, dass seine Freunde erst um acht kamen – jetzt kriegte er sogar noch zwei Sahnebaisers extra!

«Hier, den Kakao kannst du auch trinken», sagte sie und schob ihm die volle Kanne zu.

Na bitte, das fing gut an! Anton nahm die Kakaokanne und die Sahnebaisers und ging in sein Zimmer. Zum Glück hatte er die Hausaufgaben schon fertig, sodass er jetzt lesen konnte. Und in dreieinhalb Stunden war «es» so weit!

Bunter Abend

Kurz nach acht klingelte es. Anton hatte in der letzten halben Stunde mindestens zehnmal auf die Uhr geguckt, und jetzt durchfuhr ihn ein freudiger Schreck. Wenn nur alles gut ging! Ob Rüdiger auch wirklich mitgekommen war? Was die Eltern wohl sagen würden? Jedenfalls war alles so aufregend, dass sich Antons Knie ganz weich anfühlten, als er in den Flur ging.
Die Eltern hatten schon die Tür geöffnet.
«Guten Abend!», hörte er Rüdigers schnarrende Stimme, und gleich darauf krächzte Anna: «Guten Abend!»
«Guten Abend», antwortete die Mutter und wich ein paar Schritte zurück, «kommt doch rein –»
«Na, da seid ihr ja», sagte der Vater betont lustig, aber auch seine Stimme klang etwas erschrocken.
Und tatsächlich – Rüdiger und Anna sahen zum Fürchten aus: Sie hatten sich rote Wangen gemalt, ihre Lippen waren rot geschminkt, und ihre sonst kalkweiße Haut hatten sie braun überpudert – aber so schlecht, dass noch überall weiße Flecken herausguckten. Dazu strömten sie einen durchdringenden Geruch nach «Mufti eleganti» aus.
«Für Sie!», sagte Rüdiger und hielt der Mutter einen Strauß entgegen.
«Danke», murmelte sie und musterte die Zweige, die offensichtlich von einer Hecke abgerissen worden waren.
«Schön, nicht?», sagte Anna. «Davon gibt es bei uns ganz viele!»
«Psst!», zischte Rüdiger und warf ihr einen wütenden Blick zu.

Auch Anton kannte die Zweige: Sie stammten von den Buchsbaumhecken, die auf dem Friedhof wuchsen!
«Ich stell sie mal ins Wasser», sagte die Mutter und verschwand in der Küche.
«Wo ist eigentlich Anton?», sagte der Vater.
«Hier», antwortete Anton, der aus sicherer Entfernung beobachtet hatte, wie die Begrüßung verlief.
«Anton!», rief Anna und wurde rot. «Wie geht es dir?»
«M-mir? Gut», sagte Anton und bekam ebenfalls einen roten Kopf!
«Hallo, Anton», sagte Rüdiger und gab ihm seine Hand, die sich seltsam dürr und knochig anfühlte – wie die Hand eines Skeletts! Es war das erste Mal, dass Anton die Hand eines Vampirs anfasste, und ein bisschen schauderte ihn doch! Überhaupt kamen ihm die Vampire heute viel fremder und unheimlicher vor, und ihm fiel ein, dass sie direkt aus ihren Särgen zu ihm gekommen sein mussten – und das bedeutete, dass sie noch gar nichts gegessen haben konnten! Rüdiger sah richtig schwächlich und abgezehrt aus!
«S-seid ihr nicht hungrig?», fragte Anton vorsichtig.
«Doch», sagte Rüdiger, «ziemlich –»
«Dann kommt doch rein», sagte der Vater und versuchte ein Lachen, «es ist alles fertig! – Ich hoffe, ihr mögt Käsehäppchen und Apfelsaft», fügte er hinzu, während er voranging.
«Habt ihr auch Milch?», flüsterte Anna. Anton nickte.
Die Eltern hatten den Tisch mit dem teuren Porzellangeschirr, mit Kerzen und Servietten feierlich gedeckt – nur der Besuch wollte nicht so recht dazu passen! Das schien auch Anna zu spüren, denn sie machte ein verlegenes Gesicht und strich unsicher um den Tisch herum.

«Wie schön!», sagte sie. «So ist es bei uns nie.»
«Psst!», fauchte Rüdiger.
«Wieso darf ich das nicht sagen», rief sie, «wenn es doch stimmt? – Wir essen nämlich immer außerhalb, wissen Sie», wandte sie sich an den Vater.
«Wirklich?», sagte die Mutter, die jetzt mit dem Buchsbaumstrauß hereinkam. Sie hatte die unterschiedlich langen Zweige zurechtgeschnitten und in eine Vase gestellt. «Immer außerhalb zu essen, das ist doch sehr teuer», meinte sie.
«Sogar sehr billig!», antwortete Rüdiger und konnte sich ein Lachen nicht verkneifen, bei dem für einen Augenblick seine spitzen Vampirzähne zu sehen waren. Dann hielt er schnell die Hand vor den Mund.
«Die Zweige riechen aber komisch!», meinte der Vater. «Wollen wir nicht ein Fenster aufmachen?»
«Nein! Lieber nicht», sagte die Mutter, «sonst kommen die Motten.»
«Motten?», kicherte Rüdiger. «Das sind doch süße Tiere!»
«Ieeh!», rief die Mutter.
«Oder Fledermäuse. Die haben so niedliche Gesichter!»
«Brrr!», sagte die Mutter und schüttelte sich.
«Oder Vampire!», grinste Anna, doch das war zu viel für Rüdiger: Er brach in ein wieherndes Gelächter aus. Weil er hierbei aber ständig die Hand vor den Mund halten musste, bekam er schon nach kurzer Zeit keine Luft mehr und begann entsetzlich zu keuchen.
«Ist dir schlecht?», fragte die Mutter, aber Rüdiger hustete nur noch schlimmer.
«Warte!», rief die Mutter. Sie lief in die Küche und kam mit einem Glas Wasser wieder. «Hier, trink! Dann wird dir besser!»

Rüdiger ächzte jetzt so gewaltig, dass er nicht einmal merkte, wie die Mutter das Glas an seine Lippen setzte. Aber kaum hatte sie ihm die ersten Tropfen eingeflößt, als er aufsprang und prustend in den Flur stürzte.

«Der Arme!», rief die Mutter und lief hinterher.

Anna sah Anton an und kicherte. «Na ja», sagte sie, «Wasser auf leeren Magen ...»

Gerade kam die Mutter zurück. «Er ist im Bad», sagte sie flüsternd, «er hat sich eingeschlossen.»

«Eingeschlossen?», fragte der Vater.

«Ja. Und drinnen hört man ihn schrecklich röcheln.»

Seelenruhig sagte Anna: «Er ist nur etwas ausgehungert.»

«Ausgehungert?» Die Mutter machte ein verständnisloses Gesicht.

«Hat er denn nichts gegessen?», fragte sie den Vater.

Der schüttelte den Kopf. «Und ihr habt auch noch nichts gegessen. Hier, Anna!»

Er hielt ihr die Platte mit den Käsehappen hin, und zaghaft nahm Anna zwei Häppchen und legte sie auf ihren Teller.

«Iss doch!», ermunterte er sie.

«Ich – mag kein Brot», murmelte sie.

«Was?», lachte er. «Na, dann isst du eben nur den Käse.»

Anna lächelte erleichtert. Sie steckte sich die Käsestückchen in den Mund und verschlang sie genüsslich.

«Möchtest du Apfelsaft?», fragte die Mutter.

«Nein danke», sagte sie, «ich krieg so leicht Bauchweh, wissen Sie.»

«Willst du gar nichts trinken?»

«Doch. Milch.»

«Gut», sagte die Mutter und stand auf, «ich hol dir welche.»

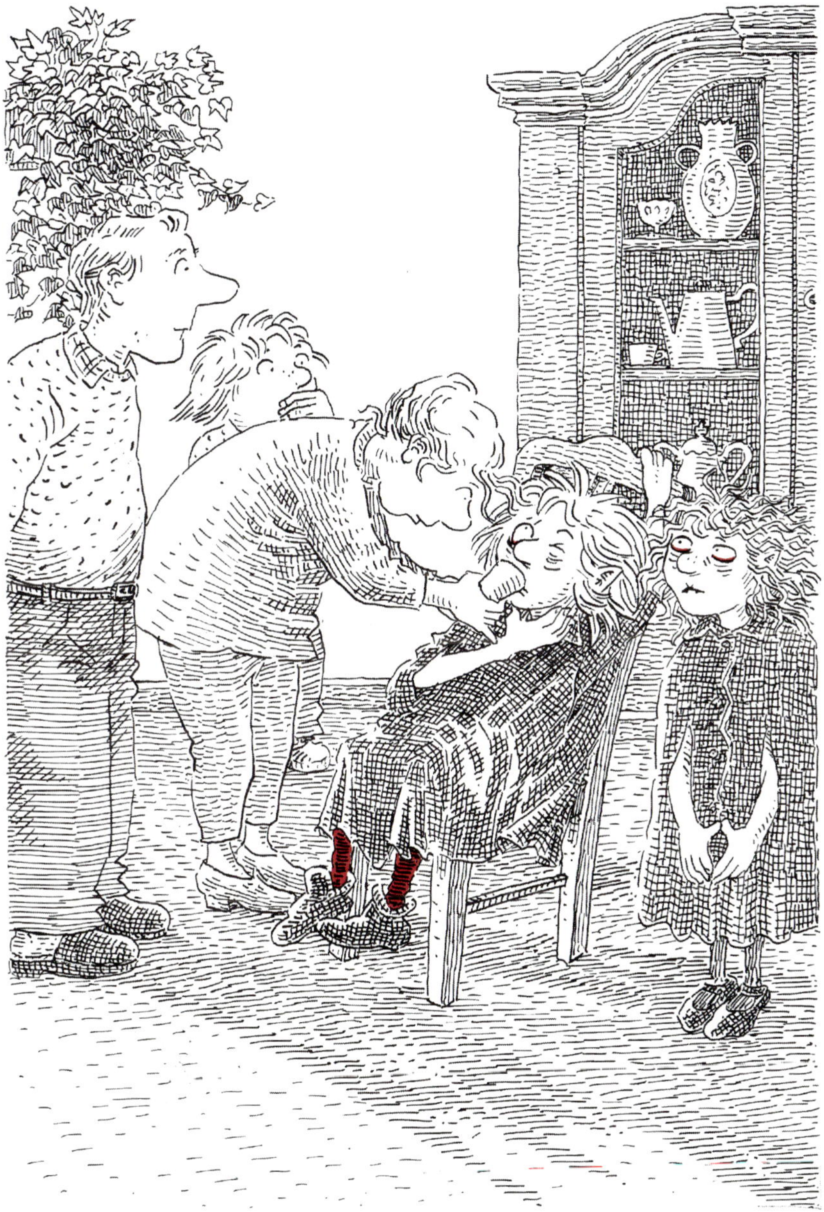

Im Flur stieß sie plötzlich einen Schrei aus.
«Rüdiger ist nicht mehr da!», rief sie, und Anton hörte, wie sie aufgeregt hin und her lief und alle Türen aufstieß.
«Aber – wie ist er aus der Wohnung gekommen?»
«Vermutlich durch die Haustür», brummte der Vater.
«Dann hätten wir ihn sehen müssen!», rief sie.
«Vielleicht haben wir gerade nicht hingeguckt.»
«Doch», beharrte die Mutter, «er hätte hier an der Wohnzimmertür vorbeikommen müssen!»
«Dann wird er wohl davongeflogen sein», sagte der Vater ärgerlich.
«Wer weiß», sagte die Mutter, «in Antons Zimmer stand das Fenster offen –»
«Was?», rief Anton. *Er* hatte das Fenster nicht geöffnet! Aber das durfte er natürlich nicht zugeben … «D-das hab ich offen gelassen», sagte er deshalb schnell.
«Siehst du!», sagte der Vater.
Wenn der wüsste! Wie fast immer hatte die Mutter Recht, nur würde sie es diesmal leider nicht erfahren.
«Dann haben wir ihn wohl übersehen», sagte die Mutter kleinlaut und setzte sich wieder.
«Oder kann dein Bruder fliegen?», wandte sich der Vater an Anna.
«Der doch nicht!», sagte Anna.
«Na also! Was du dir alles ausdenkst, Helga.»
Die Mutter betrachtete Anna mit eigenartigen Blicken. Ob sie einen Verdacht hatte? Der Vater würde bestimmt nichts merken, aber sie …
«Und meine Milch?», fragte Anna.
«Ach ja, die Milch», sagte die Mutter. «Anton, bist du so lieb?»

«Ja», knurrte Anton.
«Milch ist nämlich sehr gesund», sagte Anna, «und stark macht sie auch.»
«Hier!» Missmutig stellte Anton das volle Glas vor sie hin.
«Danke», lächelte sie und trank es in einem Zug leer.
Einen Augenblick lang sagte niemand etwas.
Dann meinte der Vater: «Und du hast also auch so ein Faschingskostüm?»
«Ja», nickte Anna – kein bisschen verlegen.
«Und wo feiert ihr immer so?»
«Privat», antwortete Anna und sah sehr selbstsicher aus.
Anton warf ihr einen bewundernden Blick zu. Eine bessere Antwort hätte ihm auch nicht einfallen können!
«Mich würde ja mal interessieren, wie du ohne Kostüm aussiehst», sagte der Vater.
Anton blieb fast das Herz stehen, aber Anna zuckte nur gleichmütig mit den Schultern und sagte: «Fast genauso. Nur noch besser.»
«Noch besser?», rief der Vater und brach in ein schallendes Gelächter aus. «Eitel bist du wohl gar nicht!»
«Nein», sagte Anna.
«Und schüchtern auch nicht!»
«Nur manchmal», sagte Anna mit einem Blick auf Anton.
«Und ihr geht immer zusammen zum Fasching, dein Bruder und du?»
«Ja. Wir machen fast alles gemeinsam.»
«Streitet ihr euch denn nie?»
«Doch», sagte Anna, «er hat nämlich in manchen Dingen ziemlich altmodische Ansichten.»
«So? In welchen denn?»

«Ach – in allem, was Mädchen betrifft. Er behauptet, Jungen wären mutiger als Mädchen.»
«Sind sie das nicht?», fragte der Vater.
«Wie bitte?», zischte Anna. «Sind Sie etwa auch so einer?» Ihr Gesicht war vor Empörung rot angelaufen.
«Na ja», lenkte der Vater ein, «du musst zugeben, dass die meisten Mädchen lieber hübsche Kleider anziehen, als auf Bäume zu klettern und sich schmutzig zu machen.»
«Was?», rief Anna. «Das stimmt doch nicht! Warum haben die Mädchen hübsche Sachen an? Weil ihre Mütter sie ihnen angezogen haben! Und warum klettern sie nicht auf Bäume? Weil sie ihre Sachen nicht dreckig machen dürfen!»
«Stimmt», nickte die Mutter.
«Aber die Spielsachen», sagte der Vater, «Jungen spielen mit Autos und Mädchen mit Puppen.»
«Ich glaub, mein Sarg klemmt!», rief Anna entrüstet. «Sie haben aber überhaupt keine Ahnung.»
«Was sagst du, Anton?», fragte der Vater.
«Ich?» Anton zögerte. «Ich finde Mädchen blöd, die immer kichern und sich beim Völkerball gleich abwerfen lassen.»
«Und ich finde Jungen blöd, die immer sagen, Mädchen könnten nicht Fußball spielen», erklärte Anna.
«Ist dein Bruder so einer?», fragte die Mutter.
Anna nickte. «Dabei war unser Urvampir auch eine Frau!», sagte sie.
«Wie? Uhr-Vampir?», lachte der Vater und tippte auf seine Armbanduhr. «Ein Vampir zum Aufziehen?»
Anton durchfuhr es siedend heiß. Nun hatte sich Anna doch verplappert!
Aber Anna war nicht so leicht aus der Fassung zu bringen.

«Ich meine natürlich, unsere Urvampir», verbesserte sie sich, «das ist nämlich meine Großmutter. Die hieß Klothilde Hermine Sieglinde Charlotte Sabine Vampir von Schlotterstein!»
«Sehr klangvoller Name», sagte der Vater.
«Nur zu lang», sagte Anna, «und deshalb wird er eben abgekürzt.»
«Eine spaßige Familie seid ihr!», sagte der Vater und lachte.
«Finden Sie?», sagte Anna mit beleidigter Miene. «Spaßig finden uns die meisten, die mit uns zu tun haben, nicht!»
«Nicht?», sagte der Vater. «Wie dann?»
«Das», sprach Anna hoheitsvoll, «möchte ich lieber nicht sagen. Und außerdem muss ich jetzt gehen.»
«Schon?», fragte der Vater.
«Ja.» Sie stand auf und zog ihren Umhang glatt.
«Aber ihr kommt bald mal wieder?», sagte der Vater. «Anton wäre sonst bestimmt untröstlich», fügte er hinzu.
«Wirklich?», sagte Anna und warf Anton einen zärtlichen Blick zu. «Ja, dann …» Eine dunkle Röte stieg ihr ins Gesicht, und schnell drehte sie sich um und ging in den Flur.
«Halt», rief der Vater, «du gehst in die falsche Richtung! Die Haustür ist links.»
«Ach so», sagte Anna betreten. In alter Gewohnheit hatte sie wieder aus Antons Fenster fliegen wollen! Aber nun marschierte sie brav zur Haustür, verabschiedete sich und fuhr mit dem Fahrstuhl nach unten.

Nachspiel

«Ein nettes Mädchen!», sagte der Vater, als sie wieder am Tisch saßen. «Und wie hat sie dir gefallen, Helga?»
«Mir? Ich fand sie etwas merkwürdig.»
«Merkwürdig? Wieso denn?»
«Das blasse Gesicht – der komische Umhang – die Stimme –»
«Und wie gefiel dir Rüdiger?», fragte er.
«Rüdiger? Der war ja noch schlimmer! Mit seinen blutunterlaufenen Augen und den Knochenfingern …»
«Aber das sind doch Kinder», sagte der Vater und lachte, «du lässt dich zu leicht ins Bockshorn jagen!»
«Ins – was?», kicherte Anton.
Der Vater warf ihm einen tadelnden Blick zu. «Du sei mal ganz still!», sagte er. «Schließlich hast du den Vampirzauber überhaupt erst aufgebracht!»
«Ich?», rief Anton empört. «Vampire gibt es schon seit dem Mittelalter!»
«So?», sagte der Vater. «Und woher weißt du das?»
«Das hab ich gelesen.»
«In deinen Schauerromanen, was?»
«Nein. Im Lexikon.»
«Das interessiert mich auch», sagte die Mutter. «Stand das in unserem Lexikon?»
«N-nein», stotterte Anton, «in – in dem in der Schule.»
«Aber ich kann trotzdem mal in unserem nachsehen», sagte sie und ging an das Bücherregal. Sie zog einen Band heraus, blätterte darin und las dann vor: *«Vampire* – Im Volksglauben le-

bende Tote, die nachts aus ihren Gräbern steigen, um Lebenden das Blut auszusaugen.»
«Jaja, im Volksglauben!», sagte der Vater. «Im Volksglauben gibt es aber nicht nur Vampire, sondern auch ...»
«... Hexen, Zwerge, Geister und Feen», sagte Anton, der sich noch sehr gut an das erste Gespräch erinnerte, das er mit seinen Eltern über Vampire geführt hatte.
«Du siehst also, dass du dir überhaupt keine Gedanken zu machen brauchst», fuhr der Vater fort, «oder fürchtest du dich vor Zwergen und Geistern?»
«Nein», sagte die Mutter ärgerlich.
«Und beim nächsten Besuch ziehen sich Anna und Rüdiger bestimmt etwas Netteres an, meinst du nicht, Anton?»
«Na ja», sagte Anton zweifelnd.
«Also – meinetwegen brauchten sie nicht so bald wiederzukommen», meinte die Mutter.
«Damit ist Anton aber ganz gewiss nicht einverstanden!», lachte der Vater.
«Genau!», rief Anton.
Fast hätte er sich an dem Käsehäppchen verschluckt, das er gerade in den Mund geschoben hatte.
«Und außerdem finde ich es gemein, wenn ihr mir jetzt verbieten wollt, mit Anna und Rüdiger zu spielen.»
«Verbieten wollen wir dir überhaupt nichts», erklärte die Mutter, «aber wir können doch mal über deine Freunde sprechen, oder?»
«Ja», brummte Anton.
«Mir sind sie jedenfalls unheimlich», sagte sie, «und wenn ich mir vorstelle, es gäbe wirklich Vampire ...», hier machte sie eine Pause, und Anton spürte, wie es ihm vor Schreck eiskalt den

Rücken hinunterlief, «... dann würden sie sicherlich genauso aussehen wie Anna und Rüdiger!»
Der Vater lachte, als habe sie einen guten Witz gemacht.
«Aber es gibt nun mal keine Vampire», sagte er, «und deshalb sind die beiden nichts weiter als zwei ganz normale Kinder, die nur ein bisschen zu tief in Omas Mottenkiste gegriffen haben.»
Damit nahm er sich zwei Käsehäppchen und aß sie. Eine Weile sprach niemand.
Dann sagte Anton: «Warum wolltet ihr sie auch unbedingt kennen lernen! – Und außerdem hatte ich euch gewarnt», fügte er hinzu.
«Ja, gewarnt hast du uns!», sagte die Mutter und lachte. «Vielleicht gewöhne ich mich mit der Zeit an sie», meinte sie schließlich.
«Und Anton erzählt keinen Unsinn mehr von Vampiren und ähnlichen Märchenfiguren, ja?», sagte der Vater.
Anton verzog den Mund und grinste. «Wenn du willst», antwortete er. Der Vater war genauso ahnungslos wie früher und die Mutter würde sich auch wieder beruhigen! Besser hätte es gar nicht kommen können!
«Ich – geh jetzt schlafen», sagte er fröhlich, «gute Nacht.»
«Gute Nacht», antworteten die Eltern.
Mit dem Gefühl tiefster Zufriedenheit stieg er in sein Bett und zog sich die Decke über den Kopf.

Angela Sommer-Bodenburg
Studium der Pädagogik, Soziologie und Psychologie, 12 Jahre Grundschullehrerin in Hamburg, lebt in Hidden Meadows, Kalifornien, USA, wo sie schreibt und malt.
Veröffentlichungen: «Der kleine Vampir», seit 1979; «Das Biest, das im Regen kam», 1981; «Wenn du dich gruseln willst», 1984; «Die Moorgeister», 1986; «Julia bei den Lebenslichtern», 1989; «Florians gesammelte Gruselgeschichten», 1990; «Schokolowski», seit 1991; «Hanna, Gottes kleiner Engel», 1995; «Das Haar der Berenice», 1997; «Der Fluch des Vampirs», 1998; außerdem mehrere Gedichtbände und Bilderbücher. Übersetzungen in 30 Sprachen.
Verfilmung: 13-teilige internationale TV-Serie «Der kleine Vampir» 1986/87, «Der kleine Vampir 2», 13-teilige WDR-Fernsehserie 1992/93, Theaterstück «Der kleine Vampir»; «Der kleine Vampir, Das Musical», 250 Auftritte seit April 1998.
Internationaler Kinofilm «The little Vampire», Premiere Herbst 2000.

Angela Sommer-Bodenburg hat ihre eigene Website:
http://www.AngelaSommer-Bodenburg.com

Amelie Glienke

Studium der Malerei und der freien Grafik bei Professor Georg Kiefer, Hochschule der Künste in Berlin, arbeitet als Grafikerin, Zeichnerin und (unter dem Namen HOGLI) als Karikaturistin in Berlin und hat zwei Kinder. Sie illustrierte u. a. die «Geschichten ab 3» von Hanne Schüler (Band 20149, 20267, 20330, 20397, 20478), «Hexen hexen» von Roald Dahl (Band 20587), «Der Sprachabschneider» von Hans Joachim Schädlich (Band 20685) und «Der Summstein» von Lydia Hauenschild (Band 20928).

rororo Rotfuchs

Monika Lange / Nikolaus Heidelbach
Mit Katz und Hund auf Du und Du
Ein Tiersprachführer
(20951)
Touristen lernen die wichtigsten Ausdrucksformen und Eigenheiten ihres Reiselandes in Führern. Nach dem gleichen Prinzip verfährt dieses Buch: Die Biologin Monika Lange sammelt und erklärt die wichtigsten Ausdrucksformen der Haustiere, Bilderbuchkünstler Nikolaus Heidelbach setzt deren Mimik und Körpersprache mit Sinn für Komik, aber auch für Präzision in Szene.
Ein witziges, blitzgescheites Buch zum Thema Tierkommunikation mit abschließendem Quiz und «Dolmetscher-Diplom»!

3733/3

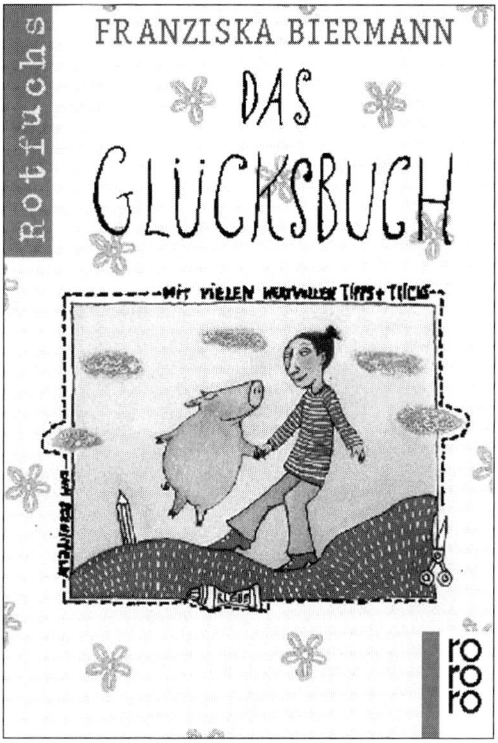

Franziska Biermann
Das Glücksbuch
(20949)
Glück – das möchte jeder haben! Doch was ist Glück eigentlich? Wo trifft man es? Wie geht man damit um? Und wie hält man es fest? Franziska Biermann beantwortet diese gewichtigen Fragen mit vielen «Tipps + Tricks». Und da Kreativität bekanntlich glücklich macht, kommen auch Maler und Schnippler nicht zu kurz ...

«Eigentlich ist das Buch selbst schon ein Glück, so anarchisch und wohltuend kommt es daher. Die Anekdoten geben einem schön zu denken, dem Griesgram genauso wie dem immer rundum Seligen. Mit wenigen Tipps wird man hier glücklich. Nehmen Sie eine Flugstunde für Glücksschweine, damit es nicht wieder bloß an Ihnen vorüberrast.» *TZ, München*

Antje von Stemm
Fräulein Pop und Mrs. Up *und ihre große Reise durchs Papierland*
Ein Pop-up-Buch zum Selberbasteln
(20963)
«Ach bitte, bitte schneide mich aus», flüstert Fräulein Pop der Schere zu, und SCHNIPP-SCHNAPP-PAPPE-LA-PAPP springt sie als Klappfigur aus dem Buch. Mit ihrer Freundin Mrs. Up geht es auf Reisen in die Papierwelt.
Der Clou: Befolgt der Leser die leicht verständlichen Bastelanweisungen, besitzt er am Ende ein voll funktionsfähiges Pop-up-Buch. Frech, witzig, dreidimensional!

Antje von Stemm ist die einzige in Deutschland lebende «Papieringenieurin». Nach zahlreichen in den USA veröffentlichten Pop-up-Büchern ist dies ihre erste Veröffentlichung hierzulande.

3735/2

rororo Rotfuchs

Susanne Koppe (Hg.)
Das große Buch vom TIGERENTEN CLUB
(20960)
Ein buntes Kaleidoskop rund um die beliebte ARD-Serie. Neben spannend aufgearbeiteten Reportagen findet sich eine wahre Schatztruhe der Kinderliteratur. Texte, Rätsel, Basteleien und Bilder von Janosch, Astrid Lindgren, Erich Kästner, Roald Dahl, Otfried Preußler, Nikolaus Heidelbach, Jutta Bauer, Franziska Biermann, Antje von Stemm und vielen anderen. Das ideale Spaß- und Schmökerbuch!

3715/3

rororo Rotfuchs

Ole Könnecke
Lola und das Gespenst
(20946)

Vor Gespenstern braucht man keine Angst zu haben – weil es keine gibt! Das sagen Lolas Großvater und Kapitän von Schultz. Doch was tun, wenn im Leuchtturm ein unübersehbares Gespenst auftaucht? Gut, dass zumindest eine die Nerven behält: Lola natürlich! Vielleicht hilft eine Gespensterfalle? Oder eine Gespensterversicherung?
«Ole Könnecke ist mit *Lola und das Gespenst* ein großes Werk geglückt. Das ganze Buch ist ein Grenzgänger zwischen Comic und Bilderbuch, und es vereint das Beste beider Genres.» *FAZ*

Ausgezeichnet mit dem Nordrhein-westfälischen Kinderbuchpreis.